東尋坊さん

佐藤　基江

東尋坊さん　目次

熊本……………………………… 7
旅立ち………………………… 38
見延山………………………… 48
満徳寺………………………… 76
放浪……………………………101
仇討ち…………………………116
解説……………………………134

東尋坊さん

佐藤　基江

熊本

一

戦国期どこの国もそうだったであろうとは思うが肥後国の民の生活は貧しかった。周りを他国に囲まれており戦乱に巻き込まれやすかったことも要因の一つである。戦、戦で明日をどう生きていくかで民衆は疲弊していた。

この地は古代から豊かな農産地だったが、鍬を持って田畑を耕したかと思うと刀、槍を持って戦に出なければならない。

そんな苦しみこそあれ平和など望むべくもない時代に終わりが来た。豊臣秀吉が全国を統一したからだ。

戦に駆り出される不安はなくなり平和が訪れた。

そして加藤清正が入国した。名を熊本藩とし難攻不落の熊本城を築城し農地改革を進めた。

しかし豊かさは庶民にとっては幻でしかなく、富は特定有力者の蓄えとなっていったに過ぎなかった。

私腹を肥やす豪商と非道な地方役人との癒着がまかり通っていった。

細川支配になってもその悪質な体制は変わらず庶民の苦しい生活に変わりはなかった。

後になり、民衆が熊本城に押しかけて一揆を起こすという事態になる。

清正は入国時下、連れてきた武士らを家族ごと纏めて城下に住まわせた。

それ以前までは、それぞれの地域にばらばらに住んでいた地元の武士も城下に集まって住むようになっていった。

これは戦の無い泰平の世と言われた江戸時代中期の熊本城下から始まる物語である。

裃、袴姿の山崎鷹忠《たかただ》は、城の正門の脇の石段を慌ただしく駆け下りた。

向かった先は下級武士の住まいが連なる一画である。

鷹忠は一軒の空き家の前に立った。

手ぬぐいを被って手桶の水で雑巾を絞り、家の中の拭き掃除をしている中年の女に、

「ここは今度入るのだな」

と声を掛けた。

「はい、何でも祝言をあげたばかりの若夫婦だそうで」

と女が笑みを浮かべながら答えた。

「では頼んだぞ」

と一声かけて鷹忠は城へ急ぎ戻った。

その若夫婦というのは、城勤めの板倉一之進《いちのしん》、二十一歳だ。真面目な仕事ぶりで将来が有望視されている。許嫁の千代《ちよ》、十六歳と結婚し、城下で新生活を始めようとしていた。

あの子供だった二人が夫婦になるとは。

満開の桜の下、周囲の人々に冷やかされながら仲睦まじく、かんざしを買って挿してやったりしている姿が初々しい。

一之進の仕事は勘定方で数字を扱うものだが、目付の山本家と鈴木家の人間で昔から知り合いの厄介な二人がいる。

山本《やまもと》覺治《かくじ》と鈴木《すずき》能野多《ののた》だ。

仕事らしい仕事はせずに午前中ぶらりと来て書類をちょっと見た程度で、

「皆励めよ」

と言うと出て行く。

皆が目を合わせて溜息をつく位で手出しができない。その二人と一之進は、剣道場で子供の時から一緒に学んだ。

毎日、熱心に稽古に励む一之進に比べ、あまりやる気も無く遊び半分の二人であったから、その力の差は歴然としていた。

一之進が稽古で手合わせをした時に思いきり打ち込んだりすると、覺治や能野太はすぐに負け痛そうに泣いていた。

そんな弱々しい姿を見て、一之進は勝ち誇った態度で木刀を素振りしながら余力を見せていた。

負けず嫌いの一之進は人一倍努力もした。

その結果、文武共に抜きん出た実力となり、自他共に認める存在であることに誇りを持っていた。自分の家柄が覺治や能野多より下でも、彼らを見下しているところがあった。

しかし、いくら子供でも一之進の態度は生意気で鼻につくものがあった。

そんな自覚は全くない一之進、子供の時はそれで通っていったが、大人になった今はそういう訳にはいかなかった。

二

成長してからの一之進は、覺治や能野太とは顔を合わせないように気をつけてお役目ひとすじで通した。

向こうから近づいてくると、へりくだって離れるのを待った。それでも少しの失敗を見つけては騒ぎ立てられ笑いものにされた。

子供の頃の高飛車な態度のせいで悪い相手を敵に回すことになった。

一之進に目をつけていて何かと因縁をつけて蔑んだ。

周りにいる者はたまったものではないが、悪習がまかり通ってしまっている。

子供の時と違い一之進は身分の違いは良くわきまえているので、何を言われても相手にせず無視を通した。城に出入りする時は裏手の一番小さい出入り口を通った。

職場の人間は皆が、自分の保身、立身出世のために関わらないようにしていた。

一之進もそうしていた。

ところが所帯を持ってからは、千代に対しても露骨な嫌がらせをするようになった。

一之進と千代が一緒に道を歩いていて、覺治と能野太にばったり出会ったことがある。

「よう、新婚さんいつもお熱いことで」

と挑発的である。

「全く品というものがない。不愉快だ。ぶん殴ってやりたくなる。なぜこんな理不尽な目に遭いながら手出しができないのか」

と、一之進は憤慨しているが、相手は家柄の良い子息で手出しができないと千代はよく知っているので相手にしなかった。

三

そんな千代がある日、家を訪ねてきた上品な身なりの女に、

「ちょっと御主人のことで話があるから出られませんか」

と呼び出された。千代は何も疑うことなく、友人とでも出かけるかのようにすぐに身なりを整えて出て行った。

そして大きな料理茶屋に連れて行かれた。立派な玄関を入ると広い長い廊下が見えた。

入り組んだ部屋をいくつも通り過ぎ、角を右へ左へと回り、綺麗に手入れされた中

庭を見ながら案内の女の後をついて行った。

千代は薄桃色の小袖に文庫結びの帯の身なりだ。こんな所でも決して引けを取らないと思い堂々としていた。

「旦那様はこんな気の張る所に、いつも出入りしているのだろうか。そんなことは一度も話してはくださらぬが」

と驚きを隠せずにいた。今までに見たことのない綺麗な装飾品が所々に飾って有るのを眺めながら後をついて行った。

「こちらへどうぞ」

と立派な襖の部屋に案内された。

「誰がいるのだろう。一之進も来ているのだろうか」

と期待しながら入った。

そこには覺治と能野太がいた。

「これは人違いだ。案内した女が部屋をまちがえたのだ。何もかも立派過ぎる」

千代はそう思ってすぐ部屋を出て聞き直そうとしたが、もう案内の女はそこにはいなかった。

覺治と能野太が笑いながら近づいてきた。

「騙された！　ここに一之進はいない」

と気づいた時にはもう遅かった。

二人に体を掴まれた途端、底知れぬ恐怖と危機感に襲われた。

「こんな見下げ果てた男たちに捕まってしまった。ああもう私はこれで終わりなのだ」

蛇に睨まれた蛙と同じだった。

咄嗟に舌を噛もうとしたが、どちらかに口を塞がれた。思いきりその手を噛んだら、覺治が千代の両頬を平手で打ち能野太が猿ぐつわをした。

推し倒され押さえつけられ二人に乱暴された。こんな恥辱を受け、女であることを怨んだ。到底生きてはいけない。すぐに懐剣で自害をしようとしたが、

「そんなことをすれば夫の立場はなくなる。黙っていればわからぬ」

と二人に脅しとも思われる諭され方をされ、駕籠に乗せられそのまま家に帰された。

四

千代が乗った駕籠が家の前に着いた。

近所の人々は、誰が駕籠に乗ってきたのか興味津々で見ていた。

するとと千代が転げ落ちるように出て来た。よろけて家に入り込む姿を見た人々は、起きてはならないことが起ったことを察知した。

千代は何とか家に這い上がり、奥の部屋に入った。叫びそうになるのを必死に押し殺し、布団を被って狂わんばかりに泣いた。

あの時、家に呼びにきた女はこのようになることを知っていたのだ。優しそうに上品そうに微笑みながら何が起きるのか察していたのだ。

あの男たちがこんなことをする人間だと、一之進はそばにいて予想もつかなかったのか。

あんな畜生にも劣る輩がのさばっている。泣き寝入りをするしかないのだ。

今のこの状態がただの悪夢であってくれと心から願った。

一之進と温かい家庭を作り二、三人の子供を産み育てる。

大きい子は手を繋ぎ小さい子は一之進が肩車をして、店が並ぶ往来を風車など買って持たせ笑いながら歩く。

やがてお互い白髪も皺も増えたと言いながら寄り添い歳を重ね、誇らしげに孫を抱いてあやす日が来るかもしれない。

そんな人並みの幸せな暮らしを送るはずだった。もう叶えられない。死にたい。

五

帰宅した一之進はいつもと違う千代の様子に何か変だと思った。

「千代どうした？　具合でも悪いのか」

そう聞く一之進に、千代は布団の中からうなずくように動くことしかできなかった。

「風邪か？　しばらく休めば良くなるだろう」

一之進はそれ以上何も話しかけなかった。

翌日も千代を気遣い黙って勤めに出た。

「妻は元気か？」

職場で覺治に尋ねられ変だと思いつつ、

「風邪気味で寝込んでおりまする」

と答えた。それから覺治は、

「一之進の内儀は身売りをしているそうじゃ」と言いふらし始めた。

一之進は挑発に乗ってしまった。かっとなり胸倉をつかみ、

「どういうことだ！」

と怒鳴った。

覺治は笑って何も答えなかった。

一之進は我慢することができずに、勤めの途中でありながらそのまま黙って家に帰ってしまった。

そして寝ている千代の布団を剥ぎ取り問いただした。

「どういうことだ！　俺の立場を考えているのか。身売りなどと軽率なことをしたのか」

千代は何とか体を起こして、

「一之進様のことで用があるから来いと言われたら、迎えにきた人について行かない訳にはいかなかったのです！」

と泣きふした。

一之進は千代の乱れた髪、身なり、顔のあざなど酷い状態を目にして我にかえった。

「あいつらに乱暴されたのか？　どうして逃げなかったのだ！」

「逃げられるものならとっくに逃げていました！」

「変だと思わなかったのか！」

「気がついた時にはもうどうしようもなかったのです。女の人が家に呼びにきて案内された部屋の襖があいた途端、あの二人がいてあっという間に口を塞がれ」

千代がそう言うと、

「もうよい！　何と卑劣な！」

一之進は悔しさで爆発しそうだった。

「もっと早くに気をつけるようにとか誘いに乗るなとか、どうして言ってくれなかったのですか」

「そんなこと俺に分かるか。お前にもどこか隙があったのだろう。美しくもないお前が媚を売ったりしたからではないのか。その着物も普段は着ない物だ。なぜそんなに着飾って行く必要があったのだ。あいつらに会うためか！」

「一之進様がいる所に、てっきり連れて行ってもらうものだと思ってきちんとして行った方が良いと思ったからです！」

「俺は勤めの最中だったのに、そんな所に行けるはずないだろう。何も考えずについて行くとは愚かにも程がある」

「どうせ全部私が悪いのです。自害してお詫びします！」

と言って懐剣を取り出して胸に突き刺そうとすると、一之進は懐剣を取り上げ鞘に納め自分の懐に入れた。

「そうではないわ。そんなことで済むことではないわ！　これからどうすればよいのだ。あいつらの思い通りになってしまった。俺の立場はもうない。どの面さげてこれから城勤めができよう」

六

それからというもの一之進は仕事に行かず酒浸りになり、千代は寝ついて起きられなくなった。

「いつまでそうして寝ているのだ」

「動くと吐き気がするのです。死んだ方がましですよ」

「勝手にしろ！」

夫婦喧嘩もひどくなりお互いをののしることに終始した。

一之進は千代のことは何も気にかけてくれない。優しい言葉さえかけてはくれない。

自分の立場のことで頭が一杯である。

そのくせ仕事に行かず酒に逃げている。

「あんなばかな奴らと俺は違う」

といつも偉そうにしていた癖にこんな時に敵さえ討ってはくれない。

慰めてもくれず自分のことしか考えていない。

まあ子供の頃からよく喧嘩していたから今に始まったことではないが。

千代は一之進に責任を転嫁して夫の優柔不断さに腹を立てた。怒りのやり場が他になかった。吐き気が収まらない。歩くことさえ儘ならず酷い状態が続いている。

七

この一件は町中の知れるところとなった。

山崎鷹忠が見かねて動いた。

彼には病弱の妻と二人の息子がいる。

仕事帰りには番方の同僚と二人連れで城から出て石段を下り、世間話などしながら、

「わはっは」

と笑っているのがよく聞こえる。

途中で同僚と別れ一人で城の裏手に回った。

そこでは毎日のように剣の稽古をつけている二人の息子が父の来るのを楽しみに待っていた。

鷹忠は裃の肩を脱ぎ、袖をめくって木刀を握り、

「さあかかってこい」

と中段で構えた。

十三歳と十二歳の息子は交代で父の稽古を受けた。鷹忠は、はあはあと息を荒げ、

「よし二人で稽古せよ」

そう言って汗を拭きながら二人の息子の稽古を見守った。

そして先に裏道から帰らせて、自分もしばらくしてから家に帰った。

「今日は良い物を手に入れた」

と嬉しそうに、弱々しい妻に土産の食べ物を手渡している。すでに帰宅している二人の息子は父の帰りを座って礼儀正しく出迎えた。

鷹忠は城の天守以外のことでも知らないことはない情報通である。

面倒見が良く親身に話も聞く男で、いつも城内を忙しく歩き回っている。

だが家では妻が次男を出産後、肥立ちが悪く体調が思わしくない。それで病気平癒を願って熱心に日蓮宗の本妙寺に通っていた。

本妙寺は加藤清正が父の菩提を弔うために建てた法華寺である。母の伊都女《いとめ》が若き頃より法華経の信者であった。

母と二人だけの清貧生活から身に着けた清正の生き方は、亡くなってからも清正公《せいしょう》と広く呼ばれるほどだった。菩提寺の本妙寺では清正を偲び参拝者が絶えない。

八

鷹忠は本妙寺の住職にこの一件を話してみた。

「ご住職、実はちょっと面倒なことが起きまして是非お力になって頂きたいのですが」

「さては例の騒ぎのことですか。あなたも本当に人の世話を焼きたい方ですね。今回は相手が相手だけに慎重に動かないと、あなた自身の身にも災いがふりかかりかねませんよ」

「無論承知しております」

住職と鷹忠は色々と話し合った。

いかにして若い二人をふりかかった災難から上手く抜け出させるかである。

このままにして置けば日に日に千代が弱って行き死につながることは目に見えていた。

結局千代を出家させるのが良いということになった。

しかしただでは一之進が納得するはずがないので千代に置手紙を書かせた。

千代が住職の知っている寺で世話になれるよう鷹忠は取りはからい、綿密に計画を立て住職に紹介状を書いてもらった。

九

その寺は身延山久遠寺。遥か遠い甲州の山の中にある。

住職がかつて三年間の修行をした場所である。

これから千代が生きていくには最も良い所だと言うことだった。

鷹忠は住職の紹介状や住所などの書付を内々に渡し出立させた。

千代は言われる通りにすれば全てことが穏便に済むと説得された。

上からの命令だと思って納得し、仏門に入りますとの文をしたため置き、急いで家を出た。

後に鷹忠はこのことで酷く後悔することになる。出家などさせずにいらぬ世話をやかずに、知らぬふりをしておれば良かったのか。

千代はここで自害して果てた方がよかったのか。夫婦喧嘩の果てに、一之進が切り捨てれば良かったのか。

いやいやまだ十七、八の千代の将来や、やっと許嫁から夫婦になったばかりの若い二人をこのまま放って置くことなどとてもできなかった。あの時は二人を離すのが最良の判断だった。ああしてやる他にしかたがなかったと何度も思い返すのだった。

十

千代の両親は千代が十歳の頃にすでに流行り病で亡くなっており他に兄弟姉妹はいない。

一之進の両親も共に亡くなっており、一人っ子で千代と境遇が似ている。

一之進と千代の家は、昔から家族ぐるみで行き来があり親戚同様の間柄であった。両家の共通の友人が、伊藤《いとう》忠助《ただすけ》だった。

一之進と千代の両方の親が亡くなってからは暗黙の了解で、二人の親代わりとなった。

千代には自宅で行儀見習いをさせ、後に二人の婚儀まで取り決めてやった。

「忠助様には返しきれない恩義がある」

千代は常日頃から感謝していた。

子供のいない忠助夫婦は、我が子同様の一之進と千代を立派に育て上げた。

友との約束を果たし墓前に報告した。

二人の行く末を見守り、上手い酒でも飲もうかと楽しみにしていた矢先のこの事態である。

「何としたことか。すべてが順調に運んで安心していたのに。まさかこんなことになるとはどういうことだ。何か手落ちでもあったのか。私も少々有頂天になっていたようだ。

もう大人だしあまり口出ししても無粋だと思い、声をかけるのも遠慮していた。

祝言を上げてからは二人に任せていた。

もっとうるさく世話をやくべきだったか。

新居も決まり、ここで二人が膝を並べ挨拶をしてくれて送り出したのはついまだ先日のことではないか」

そう言うと膝を落として嘆き悲しんだ。

十一

千代は一之進との祝言が決まった時、両親の墓前で手を合わせ、妻の役目をきっと果たすと誓った。

一之進とよく夢を語り合ったものである。

新しい生活が始まったばかりであった。

それが今、目の前から消えてしまった。

これまで世話になった忠助に、一言挨拶する余裕もなく無念にも立ち去ることになった。

このような別れ方をしなければならなくなるとは慙愧に堪えない千代だった。

自分の不始末から起きてしまったことで、恨むなら自分自身を恨むしかない。

とは言え一之進に武士らしくもっと毅然と立ち向かってほしかった。

一矢を報いる気概はないのか。

十二

千代は両親が亡くなってすぐ、親戚の家に預けられた。

「同い年のつげと姉妹と思って過ごしてもらえば良いのよ」

と言われて安心してついて行った。

だがそれは弔いの場で良い所を見せたかっただけの、心にも無い表向きの優しさだったとわかった。行ったその日に、着物を脱ぐとつげが摘まんで調べて、

「あの子の着物凄く汚れているよ」

と親に告げ口した。

千代は、

「そんなこと言うものではありませんよ」

と怒ってくれるものだと期待した。しかし、

「そうだね」

と言っているのを聞いた。

食べる物もわざと千代の目の前で、自分の子供にだけ食べさせて、

「おいしいかい？　もっと食べるかい？」

と言っていた。千代が現れるとすぐに食べている物を後ろに隠したりした。

つげが珍しく遊びに誘ってくれたことがあった。どこで何をして遊ぶのかと思ったら、人気の無い山の中に連れて行かれた。

そこには近所の普段遊びもしない男の子達が五、六人いた。

千代を取り囲んで薄笑いをしている。

つげも一緒になっていた。

「おいお前着物を脱いでみろ」

と男の子の一人が言った。

千代はその言葉に、今来た道を一目散に走って逃げた。振り向く暇もなく、人気のある所まで全力で突っ走った。ただその場の危うさを感じ逃げた。恐ろしかった。何をされるか分からないと思った。

翌日からつげは、

「あっかんべ」をしたり陰口を言ったりして千代を仲間外れにした。

半月も経たぬ内に何もかも嫌になった千代は一之進に、

「あそこの家では自分だけいじめられるからもう帰りたくない」

と言った。

伊藤忠助の家に世話になったのはそれからであった。

今、一之進は千代のことより自分の立場の方が重要なのだ。これからも立身出世のために頑張ることだろう。

千代が黙って姿を消した所で誰も悲しむ人はいない。

十三

十七歳の千代は涙ながらに仏門に入り一生償う決心をした。

もらった地図を頼りに、一之進と決別して旅立った。

感情が高ぶり、道中誰と話し、どこを通ったかまったく覚えていなかった。

一之進は毎日、憂さ晴らしに酒屋に入り浸っていた。

帰宅すると千代の書き置きを見つけ何度も読み直した。

嘘だろう、そんなことありえなかった。

自分のそばにいて当たり前の千代が黙って出て行った。

まさか、嫌がらせに隠れているだけだろう。

しかしいつまで経っても千代は帰らず、家出が本当だと信じざるを得なかった。

外に飛び出すと、あたりかまわず行き先を片端から聞いて回った。

千代が無断で居所も知らせずに家を出たと怒った。

近所の者は皆が知らないで通した。

もっとも知らされている人もいなかった。

あの体では遠くには行けるはずがないと思った。

探しようがなく困惑した一之進は、しばらく無沙汰の兄のような存在の佐々木岩之助に相談する他なかった。

十四

岩之助は真面目で温厚、職場でも周りからも信頼されていた。

幼い頃より正義感が強く、喧嘩の仲裁など誰もが納得する諌め方をした。

元服前からすでに寺子屋で小さい子らに読み書き計算などを教えていた。

兄弟のいない岩之助は、一之進や千代が赤子の時から子守をしており弟妹のように何かと行動を共にしてきた。

岩之助は書物が好きで、聞き役がいれば、いつでも誰にでも静かに論ずるのが常だった。

一之進はそんな岩之助に憧れの気持ちがあった。

学問も嫌いではなかったが、弁が立つ方ではなくどちらかと言うと剣が好きだった。

岩之助はその利発さから抜擢されて作事方のお役を頂き、父親以上の職に就くことができた。

仕事に邁進し良い縁談にも恵まれて、父の知人の娘、常盤《ときわ》と夫婦になり子供も生まれた。

嫡男の秀介《しゅうすけ》は実直で物おぼえが早く優秀である。幼い弟達の面倒もよく見る。

母親の常盤も立派に成長した秀介の将来を楽しみにしていた。

すべてが順風満帆でこの幸福な日々がずっと続くことを信じて疑わなかった。

ところが岩之助は秀介が十五歳になって元服するのを見届けると、何を思ったか突然、家族を前にして自分は家督を譲り出家すると告げた。狐に摘まれたように呆然とする常盤。

家族にとって良き夫、良き父がある日突然に豹変した。青天の霹靂である。

「俺は今までお役目に励んできた。だがもうこれ以上悪巧みの片棒を担ぐのは嫌だと思うようになった。もう秀介が自分の代わりを果たす時が来たから生活は今までと変わらない。何の心配もない」

岩之助は精一杯言い訳を言った。

その日から常盤とは口をきいていない。

十五

役人と商人の間に賄賂が横行していた。物を納める庶民には安い代金を支払い、高く売った儲けは関わった者で山分けとなる。

以前は分からないように小規模で裏口で行われていたが、今では当たり前のように堂々と利益を分け合っている。

卑劣な人間ばかりがのさばって、虐げられる者の声など聴こうともしない。

清廉潔白な岩之助の小さな反乱だった。

出家騒ぎで、取り込み中で悪いと思ったが、話を聞いてもらおうと一之進は、引っ越し場所を奥方に聞きに行った。

奥方が思いの他、快く教えてくれたので、探し当て訪ねることができた。

岩之助は頭を丸めて、炭焼き小屋だった場所を庵に仕立てて一人で落ち着いていた。

小高い山の上の見晴らしが良く家の前面に田畑が広がる場所だった。

名を岩桜《がんおう》と改めていた。

「俺は何も悪いことをしていない。だがもう仕事にも行けない。禄も減らされる。俺の方が死にたいぐらいだ。父の友人の伊藤忠助様の計らいで、特別に引き立てて頂き恩義に報いるべく頑張った結果がこれだ。もう合わせる顔がない。だいたい千代は、なんと薄情な女だ。あんな女だとは思わなかった。

夫婦になった途端に変わった。ずうずうしくなった。口答えばかりして言うことを聞かなくなった。とうとう行き先も告げず自分だけ逃げた」

一之進は自分の言いたいことをぶちまけた。岩桜は心の中で、

「剣の筋もよく仕事はでき文句なしだが、すぐにかっとなり譲ることができない。昔と変わらぬ性質。もう少し上手く立ち回れないものか」

と思った。そして久しぶりに会った一之進の怒り心頭で収まらぬ様子に、まあまあ落ち着いてと宥めすかした。

「こうして夕方、日が落ちる頃になると、囲炉裏に火を焚いて湯を沸かしたり、煮

炊きをしたりする。灯りにもなり温まれる。

　この時間がいつも待ち遠しい。何より楽しみな時よ」

と嬉しそうに自分の話をしながら、小枝を細かく折り囲炉裏に入れ、煙たそうに目を細めて手を火にかざしている。

「千代も死ぬほど辛い目に遭ったことを、もう少し理解してやれぬか。自害せず仏門に入るというのなら許してやれ」

と助言し、私とここで暮らすかと言ってみた。小屋のようなこの家の隣には畑もある。

「死んだのなら諦めもつくが、逃げたものを許しておく訳にはいかぬ。一言の相談も無しに許せん。話がしたい。話せば分る。何ならよその国で二人やり直しても良い。剣術の指南なら何とかやっていけるだろう。俺もいろいろ考えている。

ところで、御内儀や子供たちとはどうなっているのだ？」

「やれ着替えがないだろうとか、子供がどうのこうのと、しょっちゅう皆で訪ねてくる。

　この狭い場所に窮屈そうに座って、文句も言わずにいつまでも、あれやこれやと話し込んで中々帰ろうとしないのだよ。秀介は立派に私の代わりができる。心配はしていない。

毎日帳面を手に調べ回っている。秀介はごまかしたりしない。民が毎日汗して丹精込めて作った物の価値は良く分かっている。

大して働きもしない、悪知恵だけのずるがしこい役人達とも正当に話ができる。

今の方が家族とも上手くやっていけそうだ。

他にも色々と人がやってきては不平不満を言っていく。ここでは皆が遠慮なく言いたいことを言う。思ったより忙しい。寝る暇もないこともある」

十六

岩桜は陽明学に精通していた。

「陽明学の根本思想の一つに、知行合一がある。知とは良知をいい、行とは実践のことをいう」

とよく語る。要するに、

「正しい行いをする」

ということだろう。

息抜きの場所として、あてにして来る元の仕事仲間などがひっきりなしに訪れては、

「佐々木よ、お前はよくやったなあ。いや正義に熱いのは承知だが、まさか本当に隠居するとはゆめゆめ思わなかった。とても真似のできることではない。

まして俺には養わなければならぬ親はいるし、家族が多くて何ともし難い。

まあ羨ましくもある。ここでは何でも話ができて憂さが晴らせてよい。たびたび寄らせてもらうか。何、差し入れは十分とはいかぬかもしれぬが、酒や食い物を持ってくるさ」

鳴沢大五郎《なるさわだいごろう》などは、岩桜の得意とする難しい学問の話が始まるとすぐ、自分の家の中のことを持ち出しては、はぐらかし酒を勧める。

「今、年貢米が大体五割だ。良い時は四割などという時もある。

最近は飢饉もなく、石高は安定している。肥後は、イ草や漆など、米や農作物以外の産物が豊富で名も知れてきている。こうぞという木から手すきを作る技術も進んで、農業と兼業できるようになった。藩の特産品になった焼き物も多い。

庶民の生活はもっと潤わなければならないはずだ。それなのに上澄みがどうも、一部の懐にだけ入っているようだ。

こんなことが改められずにいつまでも続けば、品質の良い肥後でないとできない物

が失われてしまいかねぬ。

折角、頑張っている民の意欲も失せて知識や技術経験が失われるだけだ。そこら辺をなぜもっと考えぬ。誰のための政だと思っているのか。欲の塊だけで無能な上役しかいない。全く腐りきっている」

そう言って、日頃は絶対に言えないことを思いきり吐き出した井上和成《いのうえかずなり》もいた。

旅立ち

一

夜じゅう話が尽きなかったが、翌日一之進は自分も出家を決めた。

志半ば立身出世を諦め坊主になる。

誰が喜んでなりたいものか。

坊主になるために生きてきたのではない。職も失い、いたしかたなしのことである。

なぜこんな目に遭うことになったか。

覺治と能野太、あの二人は嘲笑っていることだろう。

千代に今度会った時に言ってやろう。

「お前のせいでこうなったのだからな」

とすると、千代はすかさずこう言うことだろう。

「元々は一之進様が仕事場で楯突いたからですよ」

「俺は楯など突いていない」

「上の人に目をつけられるようなことをしたのでしょう。大体ものの言い方が、私にだってそうですが、いつも偉そうですからね。生意気過ぎるのですよ」

腹の立つ女子だ。そんな腹の立つ女子の後を追って出奔している自分が情けなくもある。

家財道具を売り出立の準備をした。

千代の物がそのまま残っている。黙って出て行ったお前の持ち物は、全て処分したと言ってやろう。最後に千代から取り上げた懐剣だけは手元に残した。

先ずは親代わりの伊藤忠助に挨拶に行った。

夫婦で一度挨拶に来ただけで久しぶりであった。一之進にとっては敷居が高かった。

二

「そういうことになったのか。起きてしまったことはもういたしかたない。罪のない千代が何を置いても不憫でならない。このまま、生きてゆけるものかどうか心配なことだ。

もう私が力になってやることも叶わぬとは、全く悲しい極みだ。何とか新しい土地で立ち直って欲しい」

そう言う忠助に一之進は、頂いた仕事を辞め迷惑をかけたことを詫びた。

話すことは色々あったが長話は避け、千代はこれから必ず見つけ再び一緒になることを約束し別れをつげた。

幼い一人娘を流行り病で亡くし、一之進と千代に子ができたら、孫の様に抱けることを待ち望んでいた忠助夫婦は、涙を流しながら見送ることしかできなかった。

三

人知れず出立した千代は、いつ辿り着くか分からない甲斐を目指し黙々と歩いた。

傷心でただ悲しかった。

日が経つにつれ当初の慌てふためいた状態から徐々に落ち着いてきた。

だが冷静になり考えれば考えるほど、一つ一つのことが鮮明に蘇り嫌悪と憎悪が溢れてくる。

それを振り切るかのように歩いた。

所詮、こういう運命だったのだ。人並みの幸せなど訪れなかった。誰にも打ち明けることはできない。慰めてもらう人もいない。心細かった。今まで何でも話し相談し一緒に怒ったり笑ったり泣いたりした一之進はもうそばにいない。今、ここに一之進がいたら、

「早くしないか。もたもたするな。道がまちがっているぞ。お前はばかだな。何をしているのだ」

と、見下したもの言いで緒から喧嘩になっていたことだろう。

もう願っても二度とそんなことは起きない。当然だ。一之進から逃げてきているのだから。

何もかも終わった。

今までの千代は死んだ。そのうち忘れられていくのだろう。それで良い。

四

一之進は千代の行方を一刻も早く探したかったが、当てずっぽうで探し回っても一寸やそっとでは見つからないだろうことは想像できた。

城勤めも辞め周りにも迷惑をかけたのでここにいる理由もない。

千代に会うまでは、修行僧としてきっちりやって行こうと決めた。

頭を剃り、岩桜の紹介の曹洞宗報恩禅寺で修行に入った。

意を決し得度を受け、名は一進（いっしん）にした。

一進にとって寺の修行は苦にならなかった。むしろ今の自分に合っているように思った。

読経も嫌いではなかった。清掃などは元より得意とするところで隅々まで行った。

半年が過ぎた頃には達成感があった。

修行を終え、礼を言って寺を出た。

そして一軒ずつ托鉢をしながら千代を探す旅が始まった。

慣れない托鉢に、

「この泰平の世じゃ、お侍さんも生活しづらくなってお坊さんにでもなった方がましでしょうね。うちも色々と大変だから、ありがたい御経を沢山上げて行って下さいよ」

と、いったことを度々言われた。

にわか仕立ての修行僧では、まだ武士上りだとすぐ分かってしまうのだろう。

つい言い返そうと思ったが相手の言い分がもっともなので何を言われても我慢した。

肥後近辺を回り寺に泊めてもらいながら一年が過ぎようとした。

五

満開の桜の季節。

あちらこちらに見物の人出が多かった。

千代と夫婦になったばかりの頃もやはり、このように桜が満開であった。二人で桜見物に繰り出したことを思い出していた。

千代は空を見上げて、

「桜がいっぱいで空が見えませぬ」

と嬉しそうに言っていた。

その頃の自分は仕事のことで頭の中は一杯で桜など目に入っていなかった。

もっと早く千代が見つかると安易に考えていた一進は溜息をつき、

「これは長旅になりそうだ」

とつぶやいた。

薩摩の国に入っていた。托鉢を熱心に行い、けちをつけられないように頑張った。

「尼寺は有りませぬか。尼になった若い女子を知りませぬか？」

と丁寧に聞いて回った。

そのうちに、女を探し回っている肥後なまりの怪しい旅の僧がいると噂が立った。

ついに一進は役人に捕まってしまった。

「どこから来た？」

番所に行き取り調べが始まった。

「肥後から旅をしている僧で怪しい者ではありませぬ」

「怪しい者が自分から怪しい者ですなどと言うと思っているのかい？」

「本当に嘘は言っておりませぬ。逃げた妻を探しているだけでございます」

「逃げた女房を探してはるばる、肥後から薩摩に来たとは誰が信じるか。

大体逃げた女房を追いかけるぐらいなら、さっさともっと良い新しい女房をもらえばよいではないか。

女を探す振りをして何か探りにきたのであろう？　肥後の間者か？　正直に言え。

それとも、そんなに良い女だったとでも言いたいのか、逃げた女房が」

「はい」

一進は素直に答えた。

「はいだと？　ぬけぬけとよくのろけたものだ。だがそいつに逃げられたのだろ？

歳はいくつだった」

「十八でございます」

「まだ夫婦になったばかりか」

「一年余りでございます」

「そうか、それは気の毒なことではあるな。で？　逃げるような訳とは何だ。申せ」

「確かに私は最近まで城に勤める侍でありましたが、訳あってすでに職は辞し出家した身でございます。肥後の間者などでは決してありませぬ」

「だから訳とは何だ？　申せ」

「妻が凌辱され仏門に入ると置手紙を残し家出しました」

「なるほど、それで自分も仕事を辞めてまで、後を追っていると申すか」

「はい、手がかりすらなく、つい薩摩領に入ってしまいました」

「ふむ」

と四十過ぎと思われる役人は腕組みをして一進をにらむように見つめた。しばらく黙って何かを考えているようだった。

「悪さをしたのは肥後の上の偉い奴か。肥後もそんなことをしているようでは、これからも大して良いことはなかろう。お主もわざわざ薩摩に来て肥後の恥を晒すとは情けない奴じゃ。逃げた女房もこんな近くでうろうろしてないのではないか。もっと手の届かない遠い所へ行くと思うがのう。例えば京の都とかじゃ。この際嫌なことを忘れようと賑やかな所で憂さを晴らしていそうなものよ」

役人はしばらく薩摩の飯を食わせてやるからゆっくりして行けと言い十日程閉じ込めてから放した。

薩摩の飯とは、から芋だけだった。

毎日芋二つで飽きて残して持って出た。

番所を出たら物乞いが数人集まってきた。結局残した芋は全部取られてしまった。そのあさましい姿はいかにも哀れだった。一進も、「托鉢と言っても物乞いではないか。いや俺とあいつらとは違う。俺は修行僧であってあんな物乞いではない。決してあんな物乞いにはなり果てたくはない」と思った。

一進は土足で家に入られ泥だらけにされたような気分であった。

千代は仏門に入ったのではないのか。

京の都にでもいるというのか。憂さ晴らしだと、俺の気も知らずに何をしているというのだ。

捕らえられた上に散々な目に遭った。

しかし中にいた人から、東国には尼僧もいる大きな寺があることを聞き着けた。

こんな薩摩などで、うろうろしていてはまたどんな因縁をつけられるか分かったものではない。

さっさと出て東国を目指すことにした。

見延山

一

千代は三月余りで身延山にたどり着いた。

天候や体調が悪い時は宿に逗留し、危険な所は信頼の置ける人の道連れにしてもらった。

その土地ならではの話が理解できずに困ったことも多かった。

旅人の話に居合わせた人々が笑っていた。

千代も釣られて笑った。

だが家族連れを見ると辛かった。

「もうあの家族のような賑やかな家庭は自分には無縁だ。夫婦で歩くことなど無い」

普通に生活をしている人たちのありふれた日常が羨ましかった。

それでもこれからは一人で生きて行かなければならない。

何のために生きていけというのか。

生きる意味も甲斐もなく絶望の中で何を励みに生きていけるというのか。

ここに着くことだけが目的だった。着いてしまったら空しい侘しい気分になった。

連れだった人々と別れ、殊更孤独感が身に染みた。

「ここの道を真っすぐ行くと寺の門が見えてきます。その門をくぐり、そのましばらく参道を歩けばお寺の中に入って行けますよ」

と教えてもらった。

薄暗く坂道が急になってきた。

段々と森の中に入り込んでいくような道だ。

不安で気持ちが押しつぶされそうだった。

大きな門の前に来た。

案内札が立っている。

「総門。日蓮聖人が身延入山の折、南部実長公とお会いになられた逢島の遺跡に立つ門」

格調高い文だが意味も分からず、益々気分が落ち込んだ。

門をくぐり歩いて行くと、赤い橋が川に架かっていた。

「身延山の総門を入って久遠寺に向かって歩くと赤い橋がありますよ。この身延山に登りたくても登れない人たちがいて、その人たちは橋から先へは入れないので、泣きながら帰るのだそうです。それでその赤い橋は涙橋と言われているとのことですよ」

という話を聞いたのを思い出した。

「この橋のことか。登りたくても登れない人もいるのか」

と思いながら渡って行った。

なだらかな曲がりくねった坂道を登って行くと、家が並んでおり店屋もある。

「何だ、結構家が立ち並んでいるし店まである。思ったより賑やかそうでよかった」

やがて山門が見えてきた。

また坂が急になってきた。

門前の両脇に連なる店屋の辺りを数多くの参拝者が往来している。

二

嫌だろうが何だろうがここで新しい生活をするしかない。

家一軒分もあるような大きな山門をくぐった。

石畳が広がり周りは大木に覆われている。

先に長い石段が目にはいった。

数えながら登ったら二八七段有った。

てっきり深い山の中にある寂しい寺だろうと思っていた千代は度肝を抜かれた。

石段を登った先には広大な敷地の中に、いくつあるだろうと思うほど数多くの建物が並び立っている。

高い塔や鐘つき堂も有り、修行僧の姿が見え読経の声や木魚の音が聞こえてくる。

千代は足が竦んだ。

寂しさなどすっ飛んで空恐ろしくなった。

参拝者もあちらこちらから来て、どこまで寺が広がっているのだろうと思った。

うろうろと歩き回っていたら若い僧侶が事情を聞いてきた。

緊張して上手く話せなかったが、預かってきた手紙を渡すと笑顔でどうぞという仕草をして、千代の前を歩いていった。

寺の中に入っていくと広いお堂に案内された。

しばらくの間待つように言われた。

煌びやかに飾られた仏像の前でこれからどうするのだろうと立ったり座ったりして

不安な心持ちで待った。

間もなくして足音がした。

座り直して下を向いて神妙にしていた。

今度は違う僧侶がやってきて座り千代に向かって一礼した。

「遠い所を良くいらっしゃいました。

私は今日からあなたの指導をする司良《しりょう》と申します」

と言われたので慌てて、

「千代と申します」

と低頭した。

司良はお釈迦様の教え、日蓮上人の生い立ちなどを千代に説明した。

「……伝教大師様は唐に渡り……法華経を学ぶと京の比叡山延暦寺で修行されました」

「安房小湊に生まれた日蓮様は……」

「……苦難が待ち受けていました。捕らえられて佐渡島に島流しにされ……。

この身延山に住み亡くなられるまで修行されたのです」

司良の話を一生懸命聞いていたがよく分からない。

見聞きすることがまるで別世界のことのようである。

目を白黒させながら聞き寺の中を案内する司良の後をついて行った。

外から見たのと中に入るとでは、大違いだった。

こんな所にこれから住むのかと思ってもまだ想像しにくく現実味がなかった。

千代は得度を受け名前を千代（せんだい）にした。

髪をおろしたがさほど感慨はなかった。

やっと、今までの自分に区切りをつけることができて吹っ切れた。

それから寝泊りする宿坊に案内された。

広い部屋に数人の尼僧がいて挨拶をした。

笑顔で迎えてもらった。

自分もそうであるようにそれぞれ訳があってここにいるのだろう。

まとめ役の人に紹介されて作法など習った。この人にはこれから一方ならぬ世話になることになる。

今までの生活とはまるで違う。

静かに座って自分のするべきことを淡々と行っている。

こんな生き方があったのかと驚きと興味で毎日が慌ただしく過ぎた。

千代《せんだい》は日常のことを覚えるのに必死だった。

毎日が修行でありそれは厳しかった。

広い寺の中を忙しく動き回らなくてはならずやることが多くて焦る。

分からないことばかりでついて行けそうにない。できれば逃げ出したかった。

寒い時期の水の冷たさは堪えた。

三

司良にとって新しく来た千代の指導は大変だった。こんなに手のかかる修行僧は初めてと言ってよいだろう。

司良はすでに久遠寺に来て二十年になる。

元々は武家に生まれた。

しかし兄弟が多かったためにここに来ることにためらいはなかった。

幼き司良も初めて来た時は涙をこらえて門をくぐった。

人に恥じぬ立派な僧になるべく修行に励んだ結果、今現在若い修行僧を指導する立場にある。

誰でも慣れるまでは戸惑うことばかりで不安にもなる。躊躇することもある。

しかし大体は慣れてきて適応するものだが、千代は今までになく手が焼けた。

本当に何も知らないし覚えは悪いし、そそっかしく危なっかしい。

寺の外に用事で行ったきり道に迷って帰ってこないことが何度かある。

よく泣くし言えば切りがない。

不器用なのだろうか。動作は鈍いしまるで褒めた所がない。子供の方が余程ましだった。

敷居は跨ぐもので踏んではいけないと何度言っても聞いたそばから踏んでいる。

大声で厳しく指導せざるを得ないことが多々あった。

読経中に居眠りを良くする。ばらばらと手から経本が広がって落ちてしまうと今どこを読んでいるのか分からなくなって、探しているうちに唱和が終わってしまう。

団扇太鼓を叩きながら歩くのが皆と合わずにずれる。

そんなに難しいことではないことができない。

何を仕出かすか分からないのではらはらして目が離せない。

もしかしたら長続きしないで途中で挫折するのではないかと思った。

司良の指導は厳しいことで通っていた。

優しいなどということはあり得なかった。

しかし沈着な司良も冷静ではいられなかった。

世話が焼けるほど当然のことながら接する時間が長くなる。

手を取られ過ぎて全く時間の無駄というものだ。

これは指導の仕方を大きく変えないと駄目だと思い、司良らしからぬやり方に変更した。

一大決心をして、子供に教えるように目線を下げて幼稚と思えるやり方で一から教えることにした。

褒めたり、おだてたり機嫌を取ったりした。

さぞかしうんざりするだろうと思いきや、それは意外に苦ではなく面白かった。

むしろ親近感さえ湧いてきた司良だった。

千代は笑顔を見せるようになった。

やっと尼らしくなってきて司良も安心した。

四

寒い時分、外の掃き掃除をする千代が冷たい両手を胸の前で丸く重ねていたら司良が、

「どうですか?」

と言って千代の手の上に自分の両手をそっと包むように乗せた。

司良の指先が千代の手の甲に触れた瞬間、

「冷たい、司良様の手冷たい!」

と言って手を引っ込めた。

「そうですか? 私の手は冷たいですか」

と言って目を細めて笑いながら、楽しそうにそばにいた他の尼僧の手も触って確かめて行った。

皆が冷たい冷たいと笑いながら走り回った。

こんな司良を千代は初めて見た。

他の尼僧も今までにない司良の行動に驚いた。

司良は怖い師匠であり、いつも無表情でむやみに笑ったり騒いだりするような人ではなかった。

「司良様も普通の人と同じように笑ったりするのだ」

千代は少し肩の力を抜くことができた。

ある日、自分よりずっと小さい子が一緒に修行をしているのに驚いた。

気を引き締め直して頑張った。

やがて修行僧達と掃除をしながら談笑することもあるようになった。

ここで生きていく覚悟が千代にできた。

毎日御経を上げているとその内容は難しくてまだよくは分からないが、心の傷が徐々に治っていくような、氷の塊が僅かずつ融けていくような安らぎを感じられるようになった。

時々、司良がじっと千代を見ていることが多くなった。

千代はそれに気づくとまた叱られると思って緊張した。

何も言われないとほっとした。

もう最近はそんなに怒られることもなくなっているのでまあ大丈夫だろうとは思っている千代だったが、また司良の視線を感じその眼差しから熱いものを感じ取った。

何度も見つめられるようになって、流石に千代も今までに無い司良の感情を受け取り、いたたまれなくなって、姿が見えない所へ行って大きく息をした。

五

一方、一進はといえばよく蕎麦やうどんを食べている。

場所によって味の違いを楽しんでいた。

托鉢をして旨い蕎麦やうどんを食べることが、この頃の日々の目的になっていた。

御経も流暢に唱えられるようになり修行僧らしくなってきた。

所作も柔らかくなってきて、人に会えばすぐ頭を下げることも自然にできるようになった。

一宿一飯の参篭が主であった。

宿坊や小さい寺に泊めてもらったり、時には木賃宿に泊まったりすることもあった。

世間話をしながら、さりげなく千代の情報がないか聞いた。

気候の良い時は、川や湧き水のある所を見つけては体を洗い汚れ物は洗濯した。

常に身綺麗だった。

六

焼けつくような暑さが照りつける盛夏。

水一杯も口にできないことがあった。

必ず人家に辿り着けるはずだと歩き続けた。

やっと、人家を見つけて縋る思いで飛び込んだ。家主の労いの言葉と一杯の水に生き返った。

遠くから蜩の鳴く声が聞こえてくる。

こちらでも鳴き始めた。

鳴き声があちらこちらから聞こえてきて重なり、綺麗な調べになった。

残暑はあるものの秋の空に赤とんぼが舞う頃、突然の激しい嵐に遭い雨宿りの場所もなく恐怖しかなかった。

またちょっと、逸れたがために道が段々と細くなり、奈落に落ちそうな山肌を戻ることもできずに参った。早くまちがいに気がつくべきだった。

何とか登り切って辺りを見渡すと狭い頂上があるだけで、本当は隣の山に登るはずだった。女修行僧はいるまい。

大雨で何日も足止めされた時は、家が流され、おぼれかけている家族を何人か救い出すことができた。

これは本当に命がけだった。

一つまちがえば自分も助からない。

川と化した濁流の中、もう助けるのは無理かと足が止まり迷った瞬間だった。

助けを乞う必死の目だけが見えた。

助かりたい一心の人の前でためらったおのれを恥じた。

死ぬ気で差し出した手が届き、ずっしりとした重みが一進の体を流れにさらおうとする。

「もう駄目か！」

と諦めかけた時、手をつないでいた人が目の前に這い上がることができた。

喜ぶ暇もなく二人で次々と助け上げた。

一家全員が助かった。

全員が亡くなってしまった家は悲惨だ。

だれか家族の一人でも助からないのは本当に気の毒だ。

生死を何かが分ける。

折角助かったものの家族を亡くし自分だけ助かったと苦しむ者は全くやるせない。

七

凍りつくような吹雪の中、道も分からずに途方にくれた時があった。

見る見る足元が雪に埋まっていく。

自分の居場所だけを確保して穴を作っていった。せっせと雪穴を作ることで寒さをしのいだ。

朝になり止んだ。

参籠で泊まった寺も色々だった。

ずっと回廊を歩きながら一晩中読経するのは辛かった。

一番大変なのは、立ったり座ったりを繰り返して礼拝を行うことを夜通し続けた時だった。立った時は直立で両手を合わせ、座るときは膝と肘を床につけて低頭し手の平を広げて上に向けて行う礼拝である。

夜が明ける前に体が動かなくなる。

東に尼寺があるらしいとの情報だけを頼りに千代の行方を探す旅はいつ終わるとも分からぬまま続いた。

聞いてくれる人には自分の身の上話をした。家々を托鉢し続けた。

ある寺に参籠した時に、寺の老女の長い話を聞く羽目になった。

「大昔、平家が源氏に敗れた時のことでございます。

私の先祖が住む村にも落武者狩りがあり、山奥に隠れていた一人の男が見つかって捕らえられてしまいました。

そして仮の土牢が作られて入れられました。戦の折は人殺しもしなくてはならないですが捕まったところを見れば普通の人です。

見張りの人のいない隙に、白髪のお婆さんが食べ物を持って行き面倒を見て上げていたそうです。

やがて殺害される日、土牢から引き出されて連れて行かれる時に、

『これは私の大切な物です』

そう言って見送りに来たお婆さんに経本を手渡したそうです。

亡くなる寸前まで大切に持っていたとは、余程信仰心の厚いお方だったのだとつくづくお気の毒に思い、お婆さんは毎日供養の御経を上げました」

老女の家の話はいつ終わるとも分からぬほどに続いた。

「この寺にお泊りになられたのも何かのご縁でしょう。あなた様のことを少しお話してもよろしいですか？」

「おい、今度は俺の話が始まるのか。いつまで続くのだ。もう夜は更けたぞ」と一進は言いたかったが、泊めてもらったので老女の言うことは聞かぬ訳にはいかなかった。

「修行僧として旅をしておられるようですが、本当は女人を探しているのですね」

「はいその通りです。よくお分かりで」

「あなたがたはお互いに静と動、白と黒のように、真逆の立場にあり、今までに上手く調和したことは無いようです。

輪廻転生でまた繰り返し生まれ変わってきたのです。なぜ上手くいかないか分かりませんが、過去の世代で何かを約束されて苦難の道を選ばれたのでしょう」

「何？」

「これからも何度も巡り合うのだと思いますよ」

変な寺に泊まったものだ。

八

いつしか一進は、

「東尋坊さん」

と呼ばれていた。

頭の中は千代に会うことしかなく、千代のためだけに修行の旅を続けることができていた。

紀州の高野山に来た。弘法大師が開山したとある。女人禁制だった。

京の都も念入りに見て回ったが、やはり京にも千代はいなかった。

立派な寺社の建物がそびえ立っている。

こうして旅をして他国を見てつくづくと思ったことは故郷の熊本城がいかに立派であるかということである。

やがて旅も七年目を迎えていた。

しかし一向に手がかりはつかめず、風雨にさらされたあてのない旅の疲れが一進に漂い始めていた。

千日回峰を行ったという人に会った。

大勢の人がひざまずく前を一人一人の頭を触りながら通っていった。

そして皆の前で話をされた。

「釈尊は言われました。

日々汗し涙し歯を食いしばって歩いていると、人間として大切なものは何かということに気づきます。人ひとり誰でもかけがえがなく、誰もが自分のことが一番大切です。だからこそ、自分を大切にするように人も尊重するということを第一に考えなければなりません。心から相手を思いやる心が、回り回って功徳となって我々を光ある人生へと導いて行くことでしょう」

生き神様と皆が手を合わせた。

人並み外れた修行をしたとは思われぬ、全く荒々しさなどない穏やかでやさし気な表情だった。澄んだ目が印象的だった。

成し遂げたという満足感だろうか。

そんな小さいものではなかろう。

自然界あらゆるものから受け入れられた、許された安堵感なのだろうか。

「俺は何をしているのだ。どこかで千代を見過ごしてきたのではないだろうか。これ以上探しても見つかるかどうか。もしかしてまさかとは思うが生きていないのでは」

足取りは重く元気の無い旅になった。

そんな頃たどり着いたのが身延山だった。一進は足の向くまま久遠寺へ向かった。

九

年月が経ち、千代は日課の高台にある寺の墓の清掃をしていた。

それが終わり水桶を持って階段を下りてきたところで、寺の山門に一進が立っているところに出くわした。

びっくりした千代は動揺し持っていた手桶を落とし隠れようとした。

頭が混乱した。

まちがいなく一之進が目の前にいる。

僧の姿だが千代にはすぐに分かった。

一進も尼姿の千代を一目見てすぐに分かった。

「千代《ちよ》！」、「千代《ちよ》！」

と名前を叫びながら近づいてきた。

もう逃がさないとばかりに羽交い絞めにして、乱暴に扱い連れて行こうとした。
千代は、
「もう私は出家の身。会うことはできませぬ。お帰り下さい！」
と声を振り絞って言った。
震えが止まらない。
一之進がここにいるのが信じられなかった。
一進は騒ぎに集まった僧たちに、まともに話もできないまま追い出された。
司良も離れた所から見ていた。
「なぜだ！」
予期せぬ事態に慌てた。
半ば諦めかけていたところに突然、夢のように千代が現れた。
何、簡単だったではないかとさえ思った。あの老女の引き合わせか。
しかし千代は再会を喜びもしなかった。
すぐ帰れとまで言った。
なぜだ、嬉しくないのか。
はるばる探してきたのに。

あの態度はないではないか。

人が変わってしまったのか。

十

今まで思い描いたものとは違い過ぎて戸惑った。

近くの店に入った。

「お客さんどちらから?」

「西国から旅をしている」

「西国と言うと堺のあたりですかい?」

「いや肥後だ」

「肥後国ですか。確か清正公様の国ですね。

以前、あなた様のお国から来られたお客様が熱心にお話されましてね、それで私も詳しくなれました。今日ははるばる、この総本山にお参りに来られたわけですか。ここは霊験あらたかですからね。良い所ですよ。しばらくは御逗留ですか」

「そうだな、二、三日厄介になるか」

「有難うございます。どうぞごゆっくり。お客様しばらくお泊りだよ」

「はあい！」

と奥から女の声がした。

一進は案内されるまま部屋に入り、言われる通り風呂に入り、勧められるまま食事をした。

何も考える気にならない。

やっと千代を見つけた。

その喜びを味わうことなく、千代の突き放した態度に納得がいかなかった。

突然だったからしかたがないか。

どこかで死んでいるのではないかと思ったことも一度や二度ではない。

まあ元気な千代の姿を見てひと安心した。出家もしていた。

冷静に考えるようにした。

「ここから江戸までだと、どの位かかりそうですか」

一進は気を取り直して宿の者に尋ねた。

「だいたい、四十里ってとこですかね」

千代は目と鼻の先にいる。

苦労してきた甲斐があった。

ここまで来たら千代と江戸に出て暮らすこともできる。気持ちを新たにした。

御仏のお導きがあったということか。

十一

千代は過去の記憶がいっぺんによみがえり取り乱した。

まさか一之進が、自分を探してここまで来るなどと想像もしなかった。

久しぶりに顔を見た嬉しさなどまるでない。

やっと忘れかけた過去になぜ、わずらわされなければならないのかと苛立たしささえ覚えた。

私が何のためにここまで来たのか分からぬはずがないではないか。

後を追ってきてどうするつもりか。

とっくに再出発して頑張っているものと思っていた。

そう希望していた。

風の便りにでも元気な様子が聞けたら、陰ながら無事を祈ることもできたというものである。なぜ未練がましくこんな所までやって来たのだ。もっと先の見える生き方ができないものか。情けなくも思えた。

そしてまた一之進が来る恐怖と不安でいても立ってもいられなくなった。

今度会えばきっと逃げきれない。

修羅場になるのは絶対に嫌だった。

一刻も早く逃げ出したかった。

また、ここでも行き先を誰にも告げず置き手紙を残し、逃げるように黙って寺を出てしまった。

人目を避けて宿坊から出て隠れ、夜になるのを待って山を下りて行った。

以前上州には大きな駆け込み寺があることを耳にしていたのでそこに向かった。

十二

一進は翌日、再度訪ねた。

「昨日は騒ぎを起こすようなことをしまして、誠に申し訳ございませんでした。実は私の妻がこちらに世話になっておりますので是非とも会わせて頂きたい」

と対応に出た司良に頼んだ。

「それが昨日より出かけたまま、まだ戻っておりませんのでしばらくお待ちになって、改めて来られた方がよろしいかと思います」

司良は静かに答えた。

そうですかと一進は残念そうに帰った。

そして宿で酒を飲みながら帰りを待ち続けた。

司良は、千代が数日経ってももどらないことに不安を感じた。

行方を聞いている者はいなかった。

尼僧たちは驚きを隠せずに話した。

「千代さんがとうとう出て行ってしまいましたよ」

「別れた旦那様が連れ戻しに来たから逃げたのでしょう」

「それなら、ここにいた方が安全なのではありませんか」

「行くなら満徳寺ですよ」

「もしそこに着くまでに捕まってしまったらどうなるのでしょう」

「だから慌てて黙って出て行ったのですよ」

「挨拶もせずに出て行くとは何か嫌な気分が残りましたね」

「いくら要領が悪いとはいえこんなやり方はないでしょう」

「そんな気が利くならこうはなってないと思います」

「来た当初は暗いし誰とも話しませんでしたね」

「まして司良様に厳しく怒られ、励ましたところで余計に落ち込むような状態でしたから。

最近は安心していたところでしたのに。人は分からないものです」

皆で千代の持ち物を探したがなかった。

一進は寺に戻る千代を何日も待った。

宿の主は尋常じゃないと思った。

「あの坊様、唯の修行僧ではないようだ。相当の訳がおありのようだ。厄介な騒ぎだけは、起こして欲しくないものだね」

一進が寺の前で待っていると、一人の尼が出入りするので千代かと見たが違った。

また逃げられたかと何とも空しい淋しさが湧き出てきた。宿の主人が言った。

「ひょっとして出家さんを尋ねて来られたのでしたか？　それならあなた様もしばらく修行なさって行ったらどうですか。何なら私が、寺にかけ合って入れてもらえるようにしますよ。時間をかけて解決していくって方法もいいじゃないですか。落ち着いたら還俗って手もありますよ」

「せっかくでございますが」

一進は丁寧に断って長逗留になった宿を出た。

この前来ていた尼がまた来た。

どこから来たのだろう。

このあたりに尼寺でもあるのだろうか。聞いてみることにした。

「これからどちらへ？」

「満徳寺に帰るところでございます」

「さようでござるか。道中お気をつけください」

「ありがとうございます」

これだけ待っても千代が帰らないということは、もしやと思った。

「満徳寺と言っていたな」

満徳寺

一

女が夫の暴力などから逃げて駆け込むことができる、幕府から朱印状をもらっていて、由緒正しい駆け込み寺が満徳寺である。

この地方の女なら誰もが知っている、いざとなった時の女の逃げ場所である。

夫が暴力でも振るおうものなら、

「満徳寺に行く」

と脅しに使うことで上手くいっていることもある。

駆け込んできてから長い間住んでいる、なつという娘がいる。住人の世話や相談役などの雑務を一人でこなしている。

なつは、上州沼田の城下町で小物を扱う商家に一人娘として生まれた。

店の手伝いもよくしていた。

両親が相次いで病で亡くなり、悲しむ暇もなく生きるために一人で店を切り盛りした。

店をやっていくのが上手く繁盛もしていた。

ところが、悪い男に目をつけられ店を乗っ取られ、命からがら満徳寺に逃げ込んだ。

もう帰る所もなく、この満徳寺で働くことで恩を返している。

幸いよく気が利き世話好きなのが役立っていた。駆け込んできてからすでに十年が経つ。

千代は満徳寺にたどり着き寺の門を叩いた。門はすぐに開けられた。

自分は尼僧で久遠寺にいたこと、しかたなしに無断で逃げてきたことを話した。

「それでは久遠寺では随分と心配をして探しているでしょう。私が行ってことの次第を話してお断りをしてきましょう」

有難かった。千代は手を合わせてお願いした。

中に入って助かったと思うと力が抜けて座り込んでしまった。

なつは、旅支度をすると翌日早朝に出発した。

二

満徳寺には救済を求めて来た女たちが二十人余り住んでいた。

駆け込んで来ても翌日に夫が迎えに来るとすぐに一緒に帰って行く者もいた。

あるいは、そうやって一旦は優しくなった夫に迎えに来てもらって気を良くして戻ったものの、一か月も待たずにまた舞い戻って来る者もいる。

ここでは女同士で話が弾む。

誰もが言いたいことは山程あり、言い尽くすことなどなく話が途絶えることがない。

そんな時には、なつが手を叩きながら話を中断させて寺の仕事を手伝うように促している。

話に夢中になっていた女たちは散らばって、洗い物などしながらまたこそこそと話している。

千代より先にここへ来ている母娘が話をしたいと近づいてきた。

母親のうめは、夫が体を壊して働けず、夫婦仲が悪くなりここに来た。自分一人なら何とでもなるが、十歳の娘のつきは行く末を案じて出家させたいと言うことだった。

うめは千代がどうして仏門に入ったか良ければ話してくれと聞いてきた。

千代は訳あって夫と離縁して尼になったと話した。うめはもっと色々聞きたそうだったが、千代はそれ以上のことが話せなかった。

そんなことを他人が知る由もない。

両親の亡くなった時のことなどは話せた。父が高熱にうなされながら亡くなり、母もその後を追うかのようにすぐ亡くなった。

一之進の両親もそうである。

近所中で亡くなる人が多かった。

しかし悪事として内々に片づけられて人の口に触れることはなかった。

辛くて悲しかったが、一之進がいつもそばにいてくれて心強かった。

一之進は親が亡くなってから変わった。

何かを決心したかのように、文武に一層励むようになった。

伊藤様のお世話になりながら千代も色々教わった。

千代の母は、千代の下に二人子供を産んだが二人とも生まれてすぐに亡くなった。

その時は、家の外でいつまでも一之進や、岩之助と待った。母が泣くと千代も泣いた。

あの頃の、大人たちの詳しい事情は知らない。

しかし千代もこうして尼になった今、母にも苦労があったのだと理解ができる。墓に参って御経を上げたいと思いが募る。

三

なつは、二日がかりで久遠寺に着いた。

そして司良に面会をした。

司良は凛として美しかった。

思わず自分がここに来た目的を忘れそうになった。あわてて気を取り直し、

「実はこちらで修行をさせて頂いていた千代が、離縁した夫に無理矢理連れ戻されそうになり、今は満徳寺にいることをお話ししなければと思いまして」

と、説明し千代の代わりに非礼を詫びた。

「そうでしたか、お知らせ頂き有難うございました。そういうことでしたらそちらの方が安心でしょう。随分とあちらこちらを探しましたが、それではもう心配することはありませんね」

と司良は静かに答えた。

なつは、司良の誠実な人柄に一目で惚れ込んだ。

四方山話に時を忘れ、上機嫌で帰途に着いた。

しばらくして、また司良に会いたいと所用に託けて訪れたが多忙を理由に会ってもらえなかった。

がっかりしたがまた今度にでも来ようと思い直し次の楽しみにすることにした。

満徳寺の中以外に顔見知りの無いなつは、新しく親類ができたようで嬉しかった。

四

司良は生み育て上げてもらった両親に日々感謝の心で修行した。

指導力が疑われるなどという不名誉なことは、司良の自負心が許すはずがなかった。

だからこそ千代を夢中で指導した。

「たかだか小娘一人を躾けるだけのことに何を大層にする必要がある。基本だけ教えたら後は自分で何とかしていくものだ」

周りにはそう言われてきたが、縁あってかかわることになり指導するからにはいい加減なことはできない。

最後まで面倒を見て一人前の尼僧にさせるのが人の道である。

どうすればまともな尼僧にできるかと、寝ても覚めても考えない日は無かった。

厳格に厳しくが当たり前で、規律を重んじ自分にも甘えなど許さないのが司良だった。

その原則を一時的にとはいえ緩めた。

情けをかけたがために、もう今までの司良ではいられない。

苦労して育て上げたものに対する愛おしい思いが募っていった。

自分でも思いもよらない心の動きだった。

優しさなどを示す隙もなかった司良が優しさを表わした。

そして不覚にも千代に恋心を抱いてしまっていた。

指導の壁を越えてしまった。

大失態だった。

女に現を抜かすとは何事だと、両親がどんなにか嘆くことだろう。

この気持ちを千代が気づかないはずがなく、司良を避けるようになった。

司良は抑えられなくなり気持ちを伝えた。千代が出奔したのは、自分から逃げたのだと疑わずにはいられなかった。

無断で出て行くなど非常識極まりない無礼千万この上ないやり方である。

あのどうしようもない千代が、やっと一人前になったかと思った途端にこの始末だ。

どれだけ心血を注ぎ込んだことか、やはり志の低い者はこの程度だなと苦笑いするしかなかった。

躾が大変な野良犬が紛れ込んできて、つい夢中になって今まで追いかけていたとでも言った方が良いか。

普通ならば逃げた娘の悪口をそう言いふらして気分を晴らして早く忘れたいところである。

司良にはそれができない。

胸に大きな穴が開いたようで空しく寂しいばかりであった。

こんなことで心を乱してはいけない。

冷静になれない自分を恥じた。

もう千代はここに戻っては来ない。

二度と会うことはできないだろう。

あの笑顔を見ることも話すこともない。

後ろ足で砂をかけるようにして出て行った者だ。塩を撒いて怒って然るべきところが、涙が溢れて止まらない。

何をしても手につかない。

免疫のない者に病を植えつけたようなものだった。

司良は弱かった。

日が経つ毎に喪失感が大きくなっていった。

日蓮聖人は毎日身延山の頂上に登り、安房の両親の住まわれた方に向かって手を合わせておられた。

司良も小高い見晴らしの良い所まで登り、いつも両親兄弟に思いを馳せながら成長した。

そんな司良が、今は千代のことを思って千代が去った方へ思いを馳せている。

そしてある日、木の枝にかけた紐で首を吊って死んでしまった。

五

なつが、また久遠寺を訪ねて来た時に司良が死んだと知らされた。

耳を疑った。

なぜ急に亡くなったのか、応対に出た僧に問い正した。

納得が行くはずがなかった。

この前会った時は元気そうではなかったか。とうてい死んだとは信じられなかった。

しつこく聞いて、やっと亡くなっているところを他の修行僧が見つけたと教えてもらった。

千代がいなくなってから元気がなく、悲観して亡くなったようだとも聞かされた。

なつは、司良が千代に好意を持っていたのだと、対応した僧の言葉の端々から知った。

死ぬほど好きだったのかと驚き呆れた。

手土産を持参して、いそいそと出かけた自分が惨めだった。

もうここに来ても司良は亡くなってしまっていない。

なつは、満徳寺に入れてもらったことに感謝していて、寺のためにも駆け込んで来る人のためにも尽くしてきた。

これからもそうであるに決まっている。

それが初めて自分のことだけを考えて久遠寺の司良に会いに行った。

親しく話ができれば良いと思った矢先、こんな酷いことになってしまった。

やっと見つけた宝物を失ったような悲しさに打ちのめされた。

六

満徳寺の元気ななつが変わった。

千代に司良が死んだことを告げた。

司良を死に追いやったと怒りの矛先を千代に向けた。

千代のせいで死んだ。

千代が非常識な行動を取ったせいだ。

千代は薄情で冷酷過ぎると、司良の死を千代のせいにして責め立てた。

千代は、なつの一方的な言い分を聞きながら状況を判断するしかなかった。

なつは、何かにつけて当り散らすようになった。

千代は詳しい事情を聞けないまま、読経に没頭し早くこの状態から脱することを願った。

「あの司良様が自分のせいで亡くなったというのはどういうことだろうか」

最初なつが久遠寺に行くと言って出かけ帰って来た時は、

「ご挨拶して来ましたからもうご安心なさい」

とまで言ってくれたのではなかったか。

今さら自分のせいと言われても心当たりがない。

なつは、取りつく島もないほど荒れている。

できるものならば久遠寺に戻って、自分の目で確かめたい。不義理を詫びたい。

久遠寺の生活の一つ一つが懐かしく思い出されて、今思えば辛く厳しかったできごとの中にも笑えてくるものもある。

年長者の藤蔡《とうさい》さんが、司良のことを、

「あの人は感情というものが全くない人。出家する時に家に置いてきたのでしょう。冷酷とまでは言わないけれど冷静すぎて温かさはない」

とよく言っていた。

「千代さん、そっちではなくてこちらを先にやりなさい！」

と作業の手順も教えて下さった。

栄照《えいしょう》さんには剃髪を手伝いなら教えて頂いた。何から何まで面倒を見て下さった。

千代にとって家族同然であった。

ずっと一緒にいて恩返しができるまで頑張りたかった。

それを裏切るようにして出てきた。

司良にも大変な迷惑をかけた。

それでも亡くなる程ではない。

司良と同年代の道催《どうさい》という男がいた。

「なぜ早まったのだ！

どうして相談してくれなかった」

道催も武家の出であり、司良の良き友であり競争相手であった。

修行僧は誰もが、何とかならなかったかと苦悩した。

そして徐々に日常を取り戻していった。

七

なつが、久遠寺に出入りするのを見ていた一進は後を追って、とうとう満徳寺まで来た。

番所で説明を受けた。

「ここは一遍上人が開かれた、時宗の寺です」

千代がいないか聞いてみたが分からないと言われた。

寺の周りを歩き回り塀越しに中を覗き見た。

そして数日後、千代を呼ぶ声を聞きつけた。

番所にまた行き、間違いなく千代という尼僧がいるから会わせて欲しいと頼んだが、すぐに会えるものではないと言われた。

黒塗の木戸を叩き呼びかけたが応答がない。

若い二人の尼僧が連れだって恐る恐る出てきた。

「千代がいることは分かっている。一進が会いに来ているから会わせてくれ！」

と頼んだ。

二人は悲鳴をあげて駆け出した。

誰も一進の相手をしようとしてくれず、通りかかっても遠巻きにして足速に走りぬけた。

一進は大声で、

「出て来い！」

と叫んだり怒鳴ったりし始めた。

呼んでも埒が明かないので、門の前の通りに座り込み動かなくなった。

人が通る度に千代に会せてくれと頼んだ。

それでも誰も聞いてはくれない。

今度は念仏を唱え始めた。

昼夜を問わず座り込んだままずっと念仏を唱え続けた。三日三晩続けた。

やがて雨が降りだしてぐしょ濡れになっても、千代に会うまでは動かないと言う意志表示だった。

しかし千代は会おうとはしなかった。

ずっと様子を見ていた一人の老人が出てきた。

「日那、もう諦めた方が宜しいと思いますよ。それだけ頑張っても、けんもほろろなのですから、ご自分が惨めになりでしょう。これを差し上げますから、どうぞお引き取り下さいな。まだお若いのだから、他でもう一度やり直して一旗も二旗もお揚げなさいませ。その方がお似合いですよ。さあ頑張って下さい」

一進は渡された小判数枚を受け取り、宥められながらその場を去った。

そして二度と満徳寺に現れることはなかった。

八

目の前に千代がいるというのに、全く思い通りにならない苛立ちがある。

「なぜだ？　なぜそんなに会うのを拒むのだ。どれだけの月日を費やしたと思っている」

行く当ても無く、ふらふらと足が向くまま歩いた。

「あんなに必死で思っているのに、話ぐらいどうして聞いてやらないのです。本当にお気の毒だと思わないのですか。私には分かりません。あなたのその冷たい突き放した態度はどうしたらできるのですか。嫌いなら嫌いとはっきり伝えて、諦めてもらうように説得するのが、本来人のすることだと私は思いますよ。あなたが、そうやって人の気持ちを考えずに自分のことだけを考えているから、周りがとても迷惑して振り回されていることに、いい加減気づいて反省したらどうですか。私の話も聞いていないのですか？　何とか言ったらどうです」

千代はなつに責め続けられた。

ただ黙って御経を唱え、時が過ぎ去るのを待つしかなかった。

何か言えばなつが食ってかかることが予想できたし、言いたくないことまでも根掘り葉掘り問いただされて、挙句の果てに勝手に批判されるに決まっている。

表が静かになり、千代はほっと溜息をついた。

九

一進は酒場に入り浸りになった。

恐ろしいほどに目が座ってものも言わずにただ酒をあおった。

「やはりあの老女が言ったように、また俺と千代は上手くいかなかったということか。

こんなことがこれからも続くというのか、死んでも、また生まれ変わっても、苦しみ続けるのか。永遠に地獄から出られないというのか」

やがて、酔ってすれ違う人に薄笑いを浮かべて見せるようになった。

相手にされないと、因縁をつけて往来で暴れ散らした。

店の客達は、一進がいる時は知らぬ顔で黙っているが、一進が店から出ると盛んに話し始め、一進の噂で店が一杯になる。

「何でも通称は東尋坊さんらしい。別れた内儀が尼になっているから、肥後から、ずっと探して旅をして来たらしい」

「それが満徳寺というわけですか？」

「いや久遠寺に最初はいたそうだ」

「因果なものだね。そうまでして追いかけて来なければ気が済まないのか」

「そんなに好いているのに別れなくてはいかないのかね」

「そこよ、好きでも満徳寺に逃げ込まれたら、誰も手出しができないらしいからね。夫婦喧嘩は犬も食わないというからね。今日仲が良くても明日のことは分からないよ。女は気に食わないとすぐに怒り出すからね。女の扱いには気をつけないと、東尋坊さんのようにはなりたくないものだ」

一進は黒い長着に帯でふらふらと往来を歩いた。

痩せて顔は青白く髪は伸び、恐ろしい姿でうろつくようになった。

そんな薄気味悪い一進にかかわらないように人は離れて通る。

そんなことがしばらくの間続いた。

一進が往来の真ん中で仰向けになり大いびきで寝ていた。

酔っ払いかと通行人が呆れて通りすぎる。

次の日になっても、まだ大の字で寝ているが静かだった。

人だかりができていた。

一進は死んでいた。

「東尋坊さん、とうとう死んじまったのか！」

「こんな所で野たれ死んでお気の毒なことだ」

「別れた内儀が尼さんでは引き取り手はないから無縁仏で葬ってしまうしかないだろう」

十

「あんたを探していた男が、倒れて死んでいるみたいだよ」

と千代は聞き、取る物もとりあえず駆けつけた。

一進にまちがいなかった。

変わり果てた一進の名を何度も呼んだ。

もう返事もしなかった。

久遠寺で見た時の一進とは別人のようだった。

その姿に凛々しかった時の面影はなく、薄汚いだけであった。

一目では分からないほどやつれていた。

こんなになるまで、自分のことを思っていたというのか。

「こんなことになるなら、なぜあの時にもっと一生懸命になれなかったのですか。なぜ、こんな惨めな一番似合わない姿でいらっしゃるのですか。こんな一之進様に会うために、私はこれまで仏門で生きてきたのではありません。やはりこれも私のせいだというのですか」

近くの寺に一進の遺体を葬ってもらって経を上げた。

一進のいた宿に案内されて持ち物を引き取った。

一つずつ手に取って見た。

きちんと綺麗にたたまれた袈裟や白衣、頭陀袋を見て、かつて一進らしかったところを確認したような気がした。

懐かしかった。

千代の懐剣もあった。

止めどなく涙が流れた。

千代は毎日一進の墓を訪れ、経を上げ長い時を過ごした。

「尼さんが、毎日寺に来て墓参をしているが、実は小耳に挟んだ話がある」

飲み屋での噂話は一進の死で更に拍車がかかった。

「久遠寺で、あの尼さんに懸想していた若い坊さんがいたらしい。尼さんが出て行ったために首をくくって死んでしまったのだとか。

余り大きい声では言えないことだが、あの尼さんが久遠寺からいなくなった時に、その坊さんは目の色を変えて探し回ったらしい。

乱心したという話だ」

「恐ろしいね、それだけ思い込んで死んだとなると怨念が化けて出てこないとも限らない。

どこかに出てきやしないか？」

「あの尼さんはそのことを知っているのかい？」

「さあ、知らないと思うよ。何せ東尋坊さんがぞっこんだから入る隙はないだろう」

「では、東尋坊さんはそのことを？」

「知っていたら、それこそ大変だぜ、首を吊る前に殺されかねない」

「一体、そんなことを誰から聞いたのだ？」

「満徳寺にいる姉御さんだよ。好いていたらしいぜ、死んだ坊さんを」

「それで荒れた訳がわかった」

「やっと情に目覚めたっていうのに死なれたらね」

「いい人と思っただけらしい」

「それが情な訳だろう。自分でもよく分からずにむしゃくしゃして当り散らすのさ」

「事情を全部知ってしまった訳かい」

「あの尼さんも東尋坊さんが死んでしまったらどうするかねえ」

なつは、千代の墓参姿を見てさらになじった。

「死んでしまってから、そうやってせっせと墓参りに通ったところでもう遅いですよ。亡くなった旦那さんも浮かばれてなんかないと思います。死んだ人を責めて泣く位なら、もっと早く会って話すべきだったのではありませんか」

千代は毎日、責めたてられ、酷い女だと言われ続けてもうここにもいられないと思い、また書置きを残し逃げるように出てしまった。

「なんて人でしょう。本当に常識というものの欠片もありませんね。あれでは、どこに行ったたって上手くやっては行けるはずありませんよ！」

十一

小屋の陰に隠れて人目を避け、千代は情けなさに声を殺して泣きじゃくった。

自分が悪いのか。

そんなに悪いことをしたのか。

誰にも迷惑をかけないようにとしたことが、すべて裏目に出たのか。

司良が死んだのも、一進が死んだのも、周りの平穏を乱したのも私のせいか。

自分が気づかぬうちに人をこんなに傷つけていたのか。

どうすれば良かったのだ。

こんな自分はやっぱりさっさと死んだ方が良かったのだ。

「とうとう姉御が尼さんを追い出したよ」

「追い出したとは人聞きが悪い。自分から出て行ったらしいよ。やっぱりあの尼さん、もう死んだりしてさ」

「おい、姉御が東尋坊さんの墓参りだ。律儀なものだよ。

こっちを見ている。文句あるかって顔でこちらを見ている。気が強そうだね」

「だけどあの尼さんより、よっぽど器量が良いよ」

「あの尼さんはどこかぼうとしていて、そんなに綺麗とは思わないけどね」

「そんなことを言うと東尋坊さんが怒って出てくるよ」

「確かに気は強そうだけど、あの気が利いていて綺麗な姉御の尻に敷かれたら良いかもね」

「そうしたらどうだい」

「とんでもない。そんなことをして女房に満徳寺に行かれたら大変だ」

「ところで、この店もやけに客が増えてきて、狭いのに満員になったよ」

「狭いとは要らぬことだ！」

と店の主がすかさず言う。

「東尋坊さんの墓に手を合わせた方が良い。店が繁盛する」

「東尋坊さんがもっと生きていてくれたら」

「今にして思えば、顔は怖くて見られたものではなかったが、後ろ姿はいつも寂しそうだった。よく橋の欄干にもたれかかってやるせなさそうにしていた」

「『なぜだ！』が口癖だった」

「東尋坊さんに献杯！」

「献杯！」

放浪

一

「あの山の向こうには、日蓮聖人が島流しに遭われた海があるのですよ」

と司良が教えてくれたことを思い出しながら、千代は海のある方を目指した。

一進の形見の物で男の僧のなりをし、東尋坊と名乗った。

女であることがわからないように言動には気をつけた。

人目を避けて、関所もない山道を選んで歩いた。

人とすれ違うと男を装うことを意識して黙って御辞儀をしながら大股で歩いた。

険しい山道を足元に気をつけ杖をつきながら慎重に歩いた。

獣に襲われてそれで死ねたら本望だ。

しかし鼠一匹出てこなかった。襲うにしても獣も相手を見定めているのだろう。

「あんな奴に関わると酷い目に遭う」

とでも思って、通り過ぎるのをじっと物陰から見ているのだろう。

「そうですよ。私などに近づくと不幸になるのですよ」

そんなことを思いながら歩くうちに、道の脇の木の枝の鳥の巣に小さな卵があるのを見つけた。可愛らしかった。

「丈夫にお生まれなさいね」

と話しかけた。

道なりにあてもなく歩いた。

山道を歩くのは余計なことを考えなくて良い。足元に神経を注ぐので他のことに気が回らない。

こうして歩き続けることができる。

生きて行けそうだ。

二

やがて人里に出た。

泊めてもらえそうな寺を探して歩いた。

小さい寺を見つけた。

「旅の修行僧ですが、一宿一飯をお願いしたい」

千代は声を低くしてゆっくりと男らしく話した。

「それはご苦労様です。さあどうぞ、お入りになって旅のお疲れをお取りください。寺の住職をしております正貫《しょうかん》と申します。一日と言わず宜しければ、いつまでも滞在して行って下さい」

人々は親切で修行僧の身に優しかった。

その夜は死んだように眠った。

久々に穏やかな時間を過ごした。

自分を男だと偽りながらも平穏な気持ちだった。

狭い村の中で、新しい修行僧が来たという噂はすぐに広まった。

野菜や芋などを持ってきて食べてくれと言いながら顔を見て行く。

おかげで色々食べるものが集まった。

近所の子供までが集まった。

毎日、顔の違う子供が入れ替わりやって来た。

姉妹らしい二人が話しかけてきた。

十歳位の姉の方が、

「こんにちは」

と恥ずかしそうに言った。

「こんにちは」

と笑顔で答えた。

「お坊さんはどこから来たの？」

「東の方から来ました」

「ふうん。何という名前ですか？」

「東尋坊と言います。よろしく」

「東尋坊さん？」

今度は妹が聞いてきた。

「東尋坊さんは男の人ですか？」

「お坊さんは男に決まっている。何を聞いているの」

とすかさず姉が言った。

「でも東尋坊さんは男でも、女の人みたいに優しい。お坊さんだからかなあ」

と姉の方が親しげに言った。

「もうすぐお祭りがあるよ。東尋坊さんも見に行く?」

「そうですね、行っても良いですか?」

千代はがっかりさせるようなことは言えないのでそう答えた。

「良いですよ」

と嬉しそうに答えると姉は、

「また来るね」

と言って妹と帰って行った。

千代は騙しているようで胸が痛んだが、変だと思われても男で通そうと思った。

祭りの日が近づいているからなのか、笛や太鼓の稽古の音が聞こえてくる。

草を刈り危険な場所を整備していた。

皆が待ちに待った祭りの日が来た。

子供たちは朝から着飾って浮き浮きとしている。

神社に奉納する神輿が大勢で担ぎ出された。

獅子舞が奉納された。

背中に飾りつけを施した馬の奉納が行われた。二人がかりでお辞儀をさせている。

笛の独奏が始まった。皆が聞き入った。

次に太鼓の打ち鳴らしが行われた。

辺りに高揚感が満ちた。

待っていたとばかりに踊りの得意な女達が出てきて円陣を作り踊り出した。

歌に自信のある者が歌い盛り上げた。普段黙々と農作業をしている大人が踊り浮かれた。

千代は目立たない所から眺めた。

三

「東尋坊さん！」

十三歳位の娘がそばに来て話しかけた。

千代の周りはいつも誰かがいて、手をつなぐのに取り合いになっているので中々近づくことができず遠くから見ていたと言う。

今は皆が祭りに気を取られているので、千代の取り巻きもいない。ゆっくりと話ができると思ったらしい。

「お祭り見なくて良いの？」

「うん。東尋坊さんは初めてだね」

「お祭りがあってここは良い所ですね。名前は何と言うの?」

「さき」

兄弟姉妹が多いさきは祭りが終わったら、下働きの奉公に出ると言う。最近、一番好きな兄が奉公先を辞めさせられて帰ってきたらしい。兄弟子の不始末を自分のせいにされてのことだった。自分よりも家族のことを先に考える優しい兄が、閉じこもって食事もとらなくなった。そして姉の縁談が無くなり、父が不機嫌になり母が悲しんでいると言う。

さきは家族のことでこんなに悩んでいる。肩を抱いてやるしかなかった。

四

千代はすっかり村に馴染んで生活していた。

寺の無縁仏の墓に毎日弔いの御経を上げた。

「はい、東尋坊さん」

子供がたんぽぽの花を手渡してくれた。自分も手にしたたんぽぽの茎で笛を作って吹き嬉しそうに笑った。

一人の旅の行商人が通りすがりに、

「東尋坊？」

と名前を呼んで千代を見た。

「東尋坊さんとおっしゃるのですかい？」

「はいそうですが」

「どちらから来なすったのですか？」

「東国からです」

「東から来た東尋坊さんですか。

いや、東へ人を探す旅をしていた東尋坊さんを知っていたものでね。何かね、東尋坊と言う名は昨今のお坊さんの流行りですかね？

これからどちらかへ行かれるご予定ですか？」

「いえ、まだ決めておりませぬが」

「ここまで来られたなら、是非、永平寺に行って見られてはどうですか？

厳しいということで有名でして、何でも門の前に立った時から、すでに修行が始まっちまうらしいですよ。なかなか門を開けてもらえないらしいから、諦めて帰っちまう人もいるとか。気が短いのじゃあ厳しい修行なんかできっこないですよね」

会釈して歩き出しながら、

「永平寺に行くなら、この道を西に真っすぐだ」

と教えてくれた。

こんな所でも一進のことを知っている人がいた。長居をしたら、また誰かに色々と詮索されないとも限らない。

千代は、すっかりお世話になり甘えてしまっていたと住職にお礼を言い、また修行の旅に出ることを話した。

住職の正貫は、引き留めはしなかったが、また戻って来るように言った。

お世話になった人々にお礼を言い旅立った。

親しくなった子供が寂しそうにしているのが、後ろ髪を引かれる思いだった。

「東尋坊さん、行ってしまうの。どうして?

行かないで欲しいのに、ずうと、ここにいると思ったのに。嫌いになったから?」

修行をしなければならないからと答えた。

「修行をしたら、また戻って来るよね」

「私、東尋坊さんが好き。東尋坊さんのお嫁さんになりたい」

「私も、東尋坊さんのお嫁さんになりたい。だから行かないで欲しい」

涙をぬぐっていた。

五

魚を入れた桶を担いでいる人が通る。
海が近いのかと思い、その方へ向かった。
「海だ」
砂浜が遠くまで続いている。
波の音が絶え間なく聞こえる。
波打ち際を歩いた。
初めての感触を味わった。
貝殻や海藻がある。
網で魚を取っている人がいる。
真っ黒に日焼けした老人だった。
重そうに網を海から引き上げている。

傍に行ってみた。網の中には、綺麗な模様の色々な魚が元気に跳ねていた。物珍しそうにのぞき込む千代に、

「まあ今日はこんなもんだ」

と言って網から魚を一匹ずつ桶に入れた。

「お坊さん、食べるなら焼いてやるか」

と言って小さい魚を木切れに刺して焚火で焼いてくれた。

「焼けたら食べておくれ」

と言うと、魚の入った桶を棒で釣って肩にかけ戻って行った。

千代はお礼を言って魚の焼け具合をみた。

焼けたものから頬張った。取れたての焼きたての熱々は美味しくて、夢中になって食べた。

夕日が綺麗だった。

六

永平寺に行ってみよう。

尼僧も入れるだろうか。

女だと言おうか。

また、あの村に帰っても良い。

帰ると約束した訳では無いが待っているだろうか。年月が過ぎてあの子たちも成長し忘れるだろう。別の地で何か役に立つかもしれない。

色々思い巡らした。

海を見ながら反対方向に振り向きざまに、
何かを踏みつけた。

「あっ！」と思ったが遅かった。

左足に激痛が走った。

藁草履を突き破り、鋭く尖った木切れが足の裏を切り裂いていた。

砂浜の柔らかい感触が心地よく足元に注意を払わなかったのがいけなかった。

見る見るうちに血があふれてきた。息もできないほどの激痛で涙もあふれてきた。

身動きすらできなかった。

もうあたりには誰もいなかった。

やがて日は落ち暗くなった。

永平寺に行けば何とかなるかもしれない。痛みを堪えて歩き出した。
杖に寄りかかり、傷む足を引きずりながら歩いた。
やっと先が見えてきたところだった。
「こんな所でくたばるものか！
永平寺で出直そう」
自分で自分を叱咤激励した。
痛みが全身に伝わってきた。
もしかしたらまだ生きる道があるかも知れないと思い直して歩き出したばかりだった。
遠のいていた波の音が聞こえる。
坂を上っている。
もう歩けない。
高台らしき所に出た。
波の音が大きくなってきた。
遠くにかすかに水平線も見えた。
海岸線に近づいた。

崖の上に立ちあがった。

御経を唱えた。

繰り返し唱え続けた。

一進のことを思った。

司良のことを思った。

司良の寒さで赤くなった手が、氷のような指先が、千代の手の甲に当たったことを思い出した。

指の冷たささの感覚が今も残っている。

冷たくても両手で優しく包む、司良の温かさだった。

以前司良に、

「千代さんのことが好きです」

と言われたことがあった。

厳しい師匠としか思っていなかった司良にそんなことを言われ千代はふざけているのかと思った。

今なら司良の心が分かる。

声を出しておいおい泣いた。

暗闇だった空がだんだんと白んできて朝日が上りだした。
太陽の上る方角に一歩ずつ出ていった。
そしてもう一歩を出したらそこに崖がなかった。
千代は転がるように落ちていった。
そして波打ち際に上をむいて横たわり動かなかった。
やがて日は高く上った。

仇討ち

一

岩桜の手元には一進から届いた一通の文が有る。だいぶ前に届いた文だが時々取り出しては読み返している。

「岩桜殿、

一別以来、恙無いか。

実は千代に会えた。

喜んでくれ。

甲州の久遠寺にて見つけた。

これ程遠くの地に来ようとは驚くばかりだ。

話はまだ進まないが、

突然に現れたからだろう。

なれど、これよりは共に話もできる。

俺と千代の新しい門出となろう。

旅の道中、数々の困難にも遭遇した。

以前より人としてましになったと自負している。

積もる話もあれば楽しみにしていてくれ。

また文を書く。

御身大切に。一進」

一進が出奔してからすでに十年が経っていた。

岩桜は一進の文を持って、山崎鷹忠に会いに行った。

少し前に御内儀が亡くなっており、鷹忠は職を辞し隠居していた。

息子たち二人はすでに立派に成長し政務に励んでいる。

近々、御内儀の供養も兼ねて久遠寺に参詣の旅に出るということを聞いていた。

「山崎殿が、一之進や千代のために骨を折られたことは聞き及んでおりました。そのおかげを持ちまして今日は、嬉しいお知らせをすることが叶いました」

一進からの文を見せて、是非会ってきて欲しいと頼んだ。

快く承知した鷹忠は一人旅立った。

内儀の初盆が過ぎてまだ暑さの残る頃だった。

やがて鷹忠は、久遠寺の山門の前に立った。参詣が叶ったことに感謝した。

本妙寺の住職から聞いた話を思い出しながら境内を見て回り、ご本尊に手を合わせた。

そして同じ国元の懇意の者からのことづてを預かっているので、是非千代に会せてもらえないかと問いかけた。

しかし、もうここにはいないと返事が返ってきた。それなら今どこにと尋ねたら、すでに亡くなっていると言われ耳を疑った。

千代も一之進もすでにこの世にいないと聞いて愕然とした。

宿の縁先に座って一人酒を飲んだ。

いくら飲んでも酔えなかった。

盃を重ねた。

中秋の月だった。

見上げながら両頬を涙がつたった。

妻に先立たれた寂しさも、若い二人を死に急がせたと言う思いも、齢五十を越えた鷹忠に、非情な旅だと切実に感じさせた。

翌日今一度、妻の菩提を弔う御経を上げてもらい一之進と千代の成仏も願って帰途に着いた。

帰ったら何と報告すれば良いかと足取りは重かった。

そんな鷹忠の心配をよそに国元では大変なことになっていた。

岩桜の庵の周りを役人がうろつくようになった。

二

「お奉行様、現在は職を辞して家督を子に譲り出家の身の岩桜と言う者のことでありまするが」

と家来の吉田《よしだ》が言った。

「その者がどうした」

「隠居にしては人の出入りが多く少々気になりますが」

「何か企みでもあるのか」

「岩桜という坊主は、至ってもの静かで人を先導して徒党を組むような人物ではありませぬが」

「ならば何も心配せずとも良いではないか」

「ただ、集まる者が大声で話している内容が、酔った勢いとは言え、どうかと思いまして」

「そんなに気になるのなら詳しく調べて報告せよ」

「承知致しました」

奉行はそう言うと、後ろ手に持った扇子を叩きながら室内を歩き回った。

岩桜の庵には、それからあからさまに見張りがついた。

だが、庵には相変わらず人の出入りが多く静寂とは無縁だった。

庵が溜まり場になって、役人から目をつけられていることを知った岩桜は一計を案じた。

書物を、囲炉裏で少しずつ分からないように燃やしていった。

誰にも相談しないで一人で計画し実行した。庵の奥深くに隠して置いた金を取り出した。

「いよいよ、これを取り出す日が来たか」

その顔は、いつもの優しい世捨て人の顔とはまるで違う、鋭く険しい表情だった。

岩桜は人に気づかれないように、高価な着物や小物を誂えた。

そして、時々夜になるとこっそりと出かけるようになった。はじめは何軒か飲み屋に出入りしては馴染みになった客の話に耳を貸した。

そして、料亭「望月楼」に出入りする客のことを聞き出すに至った。

岩桜はこの店に出入りできるようになるまでに相当な時間と金をかけた。

飲み屋街に入り浸りになり殆ど庵に帰らなくなった。

本を売って酒色に溺れていると集まって来る者の噂になった。

「岩桜殿も落ちたものよ」

「あのていたらくはどうだ」

「一体どうなってしまったのだ」

「噂は本当なのか」

「俺たち何も悪さはしていないから、逃げ隠れする理由もないだろう」

「それにしても見張られているのはなぜだ」

「何かまずいことにでもなったのか」

「来るなと言われたら余計に気になるではないか」

数人が集まってひそひそと小声で話していたところ、

「おいお前たち、何か悪い相談でもしていたのか！」

といきなり役人が入って来て怒鳴った。

そこにいた者は驚いて慌てた。

「やっぱり何か隠しているな。神妙にしろ！」役人の一人が外に向かって、

「いたぞ！」

と大声を上げた。

役人が大勢駆けつけた。

悪事の証拠を見つけた訳でも、現場を取り押さえた訳でもなかった。

ただ小声で話すのが企みに思え、事が起きてから手落ちをとがめられるのを恐れたのだ。

「引っ立てよ！」

と勢いだけは勇ましい。

岩桜は、山本覺治と鈴木能野多に以前から目星をつけていた。

千代を傷つけたのもこの二人に違いないと思っていたが、確証はなかった。

やがて二人が、望月楼に出入りする頻度や、いつ店にやって来るかを知ることができた。そして、二人と顔見知りになるべく計らった。

いよいよ、一緒の席を設けるまでになった。

失敗は許されない。

家族へは別れの文を置いてきた。

嫡男の秀介は、すでに所帯を持って子供をもうけている。

次男三男は日々、文武に精を出している。妻の常盤は何かと多忙を極めている。

三

「お二人も以前はこちらで随分と良い思いをなさったとか。その時のお話を是非お聞かせ下さらぬか」

と岩桜は酒を勧めた。

千代に狼藉を働いた者にまちがいないと確信した。

泥酔状態にさせて一緒に店を出た。

「今宵は私の懇意の店に参りましょう」

と勧めて暗がりの場所を選んで三人で歩いた。

「これは失礼！」

岩桜は途中でよろけて覺治の足を踏み、倒れかかるようにわざとぶつかっていった。

ぶつかられた覺治は地面に倒れ、上から岩桜が乗るかたちになった。

岩桜は用意していた短刀を腹部に刺し込んだ。覺治は、

「ぎゃー！」

と声を上げた。能野多が、

「無礼者、何をしているのだ！」

と言って刀を抜いて岩桜目がけて振り下ろそうとした。

岩桜はすかさず振り向くと、能野多に下から体当たりして腹に短刀を突き刺した。

すると、ふらつきながら起き上がり剣を抜いた覺治が、岩桜の背を目がけて切りつけた。

「貴様！　なにやつだ！　目付と知っての狼藉か！」

「元より承知の上だ。これ以上の悪の積み重ねは止めて頂く。この岩桜が、今ここで成敗して進ぜよう！」

最初の腹部への一撃が致命傷となっていて、二人共時間の問題であることは分かっていた。

しかし、岩桜は生かしてなるものかと必死だった。

能野多が岩桜目がけて切りつけた。

岩桜は、胸元目がけて刺した。

能野多が、

「うっ」

と、言ってのけぞった。

覺治が切りかかった。

やがて、血の海と化した所に三人が倒れた。

「酔っ払い同士の喧嘩だぞ！」

「役人を呼べ！」

「きゃー」

騒ぎに人が集まった。

野次馬の声が響く。それに紛れて、

「一之進！　千代とおまえの積年の恨みは果たしたぞ！」

空に向かってそう叫ぶと岩桜は、息絶えた。

岩桜は一番似合わない壮絶な死を選んだ。いや、岩桜らしく綿密に立てられた計画のもとのことであった。

覺治と能野多が家督を譲り受けてからは、益々その横暴振りが目に余った。

二人が死んでも悲しむ者などおらず、訴えるような愚かなことをする者などいるはずはなかった。

岩桜は、とんだ巻き添えを食って、気の毒だとさえ言うものがいたぐらいである。

「何を見ているのですか。私にも見せなさい」

と、岩桜の妻の常盤は、孫が持っていた紙切れをのぞきこんだ。

「相変わらず、義だの正だのと難しいことを言ってらっしゃる。でも年のせいか、殊勝にも、私のことまで頼んでありますよ」

と、嬉しそうに含み笑いをしながら夫の文を読んだ。

それを秀介に見せたところ、秀介の顔色が一変した。

「これは誰が持って来たのですか?」

と慌てた様子で聞いた。

「家の中にあったそうですよ」

と、常盤は不思議そうに答えた。

「母上、父上は死ぬ積りです!」

と言うと駆けだして行った。

「えっ?」

常盤は狼狽えて家の中と外を出たり入ったりした。何度も文を読み返して見た。

「父は義に生きた。

そなたらは周りに振り回されること無く、正しく未来のために励むよう確と申しおく。

くれぐれも母上を頼む」

四

秀介は庵にかけつけたが、そこには役人が大勢集まっていた。

物陰からその様子を見ていた。

父がそこにいるのか確かめるのに躍起になったが、よく分からなかった。

役人がいなくなるのを待つしかなかった。

苦虫を噛み潰したような顔で唇を噛みしめてその時を待った。

静かになったのを見計らって飛び込んだ。囲炉裏の灰が散乱して、茶碗などがわれてめちゃくちゃにされていた。

何か手がかりになるようなものはないかと、あちこちに目をやったが質素な狭い庵の中で探すようなものは何もなかった。

「父上は、捕まって死罪になるのか。そうなったら家族もただではすまない。そんなことが分からぬ父ではない。だとすると、父上は何か考えがあってああして別れを文にされたのか」

岩桜が、役人に捕まってはいないと確信した秀介は、父が行きそうな所を探して回った。

慌てていることが分からないように平静を装った。

そして、道端の騒ぎを聞きつけた。

孫の秀馬《しゅうま》が見てきたことを告げた。

「おばば様、気をしっかりと持ってお聞きください。おじじ様が切られて、お亡くなりになりました！」

「何と申した。おじじ様が、本当に亡くなったというのか。しかも、切られたとはどういうことなのじゃ！」

「酔っ払いに、切られて」

「酔っ払いに、切られて亡くなったというのか」

常盤はその場にへたり込んだ。

「旦那様が、あの、岩之助様が、あろうことか酔っ払いに切られて亡くなったなどと信じられぬ。いくら世捨て人のような暮らしをしていたとはいえ、元は武士の端くれ、何と情けない最期でしょう」

常盤が泣き叫んだのはいうまでもない。

五

家の者皆が、突然の岩桜の死を信じられなかった。

秀介は、父がただの酔っ払いに切られて死んだのではないことを悟った。

全てを自分に押しつけて、隠居生活を始めた父親に対しては腹に据えかねるものがあった。最近は呆れてこちらからは連絡もしなかった。

それが、これほどのことを思っての所行だったとは想像すらできはしなかった。

誰にも知らされていない岩桜の本心を、勇気を、秀介は知り、父の偉大さを思い、その子であることを誇りに思った。

何かが、すとんと胸に落ちた気がした。

「お気の毒にね。最近は、身なりもかなり派手におなりで、あまりよくないお方たちとよくない場所に入り浸って心配しておりましたけど、まさか酒に溺れて斬死とは、血迷われたとしか思われませんよ。ご家族は、早くこのことはお忘れになった方が身のためというものですよ」

と慰めてくれる人もいた。

騒ぎは城下を駆け巡った。

「お奉行様、いかがいたしましょう」

「余計なことはするな。捨て置け！」

「では、酔っ払いの喧嘩と言うことで宜しいでしょうか」

「それで良い。一件落着だ。

のう吉田、来年の桜見物は賑やかになりそうだな」

「来年の鬼が笑おうておりまする」

「そうか、はっははは」

と庭の木を眺めながら、久々に声を上げて笑った奉行だった。

岩桜の計画は見事に成功した。

悪が断たれた。

岩桜は満足して逝ったことだろう。

家族は、一切とがめられることなく同情された。

捕らえられていた者たちも、謀反の意思のないことが分かり釈放された。

「これで良いのか俺たちは！」

岩桜の死を知った者たちは、大人しくなるどころか燻っていた心に火がつくのだった。


（回想）

「こら一之進、なぜそのように千代をいじめるのだ。見ろ、嫌がっているではないか」

岩之助は一之進が、道端で蛇を棒に着けて幼い千代を追っかけている所を見かけ、大声で注意した。

すると一之進は渋々蛇を放した。

蛇は素早く逃げて行ったが今度はその棒で千代を突きだした。

千代が怒って泣きながら一之進に叩き返し始めた。

一之進は面白がって笑いながら千代をからかっている。

「一之進、いい加減にしてやめないか！」

岩之助はきつく叱った。

「千代はすぐ怒って泣き出す」

一之進はそう言ってつまらなさそうに棒を捨てて千代に早く家に帰るよう促した。

千代は怒りながら走って帰って行った。

了

解説

A文学会　編集室

本作は、江戸時代を舞台にした物語だが、ひとことで時代小説とくくるには困難な、多様な側面をもっている。一筋縄ではいかない恋愛小説であり、主要人物とともに日本各地を旅するロードノベルであり、痛切な仇討ちと悔恨の物語でもある。

始まりは肥後の国（現在の熊本県）だ。身分が高いとはいえないものの、堅実な城勤めに励む武士たちや、彼らをとりまく市井の人々が描かれる。そして登場人物のほとんどが、「運命に翻弄される」というよりは、岐路に立ったときの自身の選択に翻弄され、流されていく。つまり、フラットキャラクターではなく、ラウンドキャラクター（物語の進行につれて変化する人物）ばかりが登場する。頼りになる顔役は変節し弱腰になり、名誉が地に落ちたところで、鮮烈な方法でわが子に等しい存在の無念を晴らす。この浮き沈みのリズムに関しては、伝統的な時代小説らしさを見せていると言っていい。

ただ、本作の主たる骨組みを形作るのは、作品冒頭で祝言をあげる千代と一之進の若い夫婦のなりゆきだろう。二人を襲った悪意は確かに残酷だったが、その後の繕いがいかにもまずかった。千代の傷ついた心身を癒すべく歩み寄る余裕は一之進にはなく、「臭いものには蓋をせよ」とばかりに若くして出家を強いられた千代には、夫を恋うる気持ちなど残ろうはずもなかった。一方で、突如襲った不幸に浮き足立ってなされた慌しい決断は、一之進の心に未消化なしこりを残し、やがてそれが肥大した結果、自らも出家し千代の後を追うという、なんとも不可解な行動に出る。

対する千代だが、出家後の修行の成果は見えず、かつての夫に毅然と対峙するほどの平静さもない。相変わらず、他人の強い感情に接するとぐにゃぐにゃ揺れ動いてしまう頼りない自我をもち、突発的な悲憤を見せ、未熟なことこの上ない。つまりここには理想の男性も女性もおらず、ひたすら打たれ弱い男女が右往左往を続けるばかりなのだ。

かくも鬱憤がたまるなりゆきであるのに、物語は終盤に向けて、何かを脱ぎ捨てたかのように美と温もりを湛えるようになる。取り返しのつかない失敗の、あっけなく散ってしまう命の、それぞれの重大さがここにきて奏功してくるからだ。「東尋坊さん」という作品タイトルの意味が染みわたるとき、千代らの生きた道のりは読者にとっての驚きとなる。

人生はせんないことの繰り返しであり、乗り越えなくてはならない出来事の連続だ。

それでも、人は生を終えるとき、勝ち負けを超越したところにいると思わずにはいられない。

著者プロフィール

佐藤　基江

１９７７年３月　一宮女子短期大学幼児教育学科 第３部卒業
幼稚園教諭、一般企業勤務を経て執筆をはじめる
夫、子ども、孫あり

東尋坊さん

2019 年 4 月 25 日　第 1 刷発行

著　者　佐藤　基江
発行社　Ａ文学会
発行所　Ａ文学会
〒181-0015　東京都三鷹市大沢 1-17-3（編集・販売）
〒105-0013　東京港区浜松町 2-2-15-2F
電話 050-3414-4568（販売）FAX 0422-31-8164
E-mail：info@abungakukai.com

ISBN978-4-9907904-9-3